やさしい鬼とひとつ屋根

安曇ひかる

幻冬舎ルチル文庫

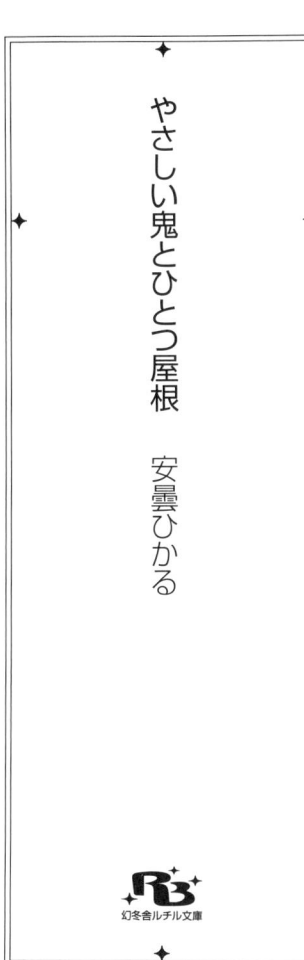

CONTENTS ✦目次✦

やさしい鬼とひとつ屋根

✦イラスト・街子マドカ

✦カバーデザイン＝久保宏夏（omochi design）

✦ブックデザイン＝まるか工房

やさしい鬼とひとつ屋根

ぶぉぉおおんというディーゼルのエンジン音を響かせ、路線バスが去っていった。立ちこめた黒煙に錆《さ》びて傾いたバス停が煙る。

小原史遠《おばらしおん》は目を瞬《しばたた》かせながら「けほっ」と小さく噎《む》せた。

「さて。やっと着いた」

新幹線と在来線を乗り継いで三時間半。そこからさらにバスで一時間揺られ、ようやく目的の町に降り立った。

「懐かしいな……」

思わず口をついた言葉に、史遠は苦笑した。

懐かしいも何も、この町に来るのは初めてだ。縁もゆかりもない。

メインストリートと思《おぼ》しき商店街の両脇には、洋品店や酒屋、日用雑貨を扱う店や地元の信用金庫などが軒を連ねているが、ほとんどの店はシャッターが閉まっていた。あたりは薄暗くなり始めていて、鄙《ひな》びた田舎町の寂しさを一層色濃くしている。

どこにでもある田舎町だ。その風景には、日本で生まれ日本で暮らす者なら誰もが懐かしいと感じる情緒がある。太古の昔から、遺伝子に刷《す》り込まれた風景なのかもしれない。

閉ざされたシャッターの真ん中で『閉店』の張り紙が秋風に靡《なび》いている。カサカサという侘《わび》しい音を聞きながら、史遠はひとまず宿を目指すことにした。

この町の名は夕霧《ゆうぎり》町という。東北地方の片田舎にあるほんの小さな町だ。町並みの向こうに見える標高七百メートルほどの山が夕霧山。町の名前はそこから取ったのだろう。常に霧が深く、地元の人でも立ち入ることはないとガイドブックに記されていたが、山歩きの趣味のない史遠はもとより立ち入るつもりはない。

同じガイドブックで見つけた、町に一軒だけの旅館が今夜の宿だ。素泊まりなので途中で夕食を手に入れようと、開いている店を探したが見つからなかった。コンビニくらいはあるだろうと思っていたが甘かったようだ。金曜の夜だというのに猫の子一匹歩いていない。

「本当に何にもないんだ……」

東京生まれの東京育ち。二十六歳の今日まで、修学旅行以外に旅らしい旅をしたことがなかった史遠にとって、夕方六時に眠ってしまう町はある意味とても新鮮だった。

旅館の受付――と言っても耳の遠い老人がひとり座っていただけなのだが――に挨拶《あいさつ》を済ませると、史遠はもう一度商店街に繰り出した。オーナーらしきその老人が『あ～？　なんだってぇ～？　キャバクラさ行きてぇ？　だったら診療所の先生が割引券をくれる……あ～？　違う？　食堂？　んだら商店街を山の方さちょこちょこっと歩いて橋渡ったとこだ』と教えてくれたのだ。

キャバクラではなく食堂を探しているのだと説明するのに、十分以上かかった。本当にあるのだろうかと少々心配しながら川にかかる小さな橋を渡ると、食堂らしき灯《あか》りが見えてきた。ホッとしつつ歩を早め、暖簾《のれん》をくぐると、思い出したように腹の虫が元気に鳴いた。

「豚の味噌炒《みそいた》め定食お願いします。ご飯大盛りで」

テーブルに着くなり注文した。

周りから細い細いと心配される史遠だが、身体《からだ》はいたって健康だ。

小顔と称される顔に、黒目がちな瞳《ひとみ》、すっと筋の通った鼻、控えめだが形のいい唇《くちびる》がバランスよく配置されている。さらりとくせのない髪と相まって中性的な印象を醸し出しているが、食欲は旺盛《おうせい》なので華奢《きゃしゃ》なわりに無理が利くし行動力もある。学校でもアルバイト先でも、見た目に反してタフな史遠に最初はみな目を丸くする。

ただこんなふうに突発的に思い立ってひとり旅に出たのは、生まれて初めてのことだった。

「あと、ビール一本お願いします」

「はいはい。豚の生姜《しょうが》焼き定食をひとつ……と」

「生姜焼きじゃなくて、味噌炒めです」

「あ、味噌炒めね……少々お待ちくだせ」

背中の曲がった老婆が、ミミズの這《は》ったような字で伝票を記入する。ちゃんと出てくるのだろうかと一抹《いちまつ》の不安を覚えつつ、史遠は店内を見回した。

店に入った時には他に客はいないように見えたが、奥の小さな座敷に人影があった。衝立《ついたて》に隠れて姿は見えないがひとりは大人で、もうひとりは四、五歳くらいの子供のようだ。

「だましてたんだな！　今までずっと、オレをだましてたんだな！」

少し舌足らずな可愛《かわい》らしい声なのに、何やら穏やかでない。

「大げさな。教える機会がなかっただけだ」

「オレはとうちゃんをみそこなったぞ！」

声のトーンから年の離れた兄弟かと思ったが、どうやらふたりは父子らしい。

「だから騙《だま》してたわけじゃない。昨日まで『美味《うま》い、美味い』って食ってたくせに」

「だって、知らなかったんだもん！」

「美味いなら食えよ。アレルギーがあるわけじゃないんだから」

「食わない！　ぜったいに食わない！」

豆腐が豆だったなんて、豆腐が豆でできていたなんてと、可愛い声でぷんぷん憤っている。

察するに、豆が大嫌いな彼は豆腐の原材料が豆であることを知ってしまい、どうして今まで教えてくれなかったのかと、父親に食ってかかっているのだろう。

「知らぬが仏という諺《ことわざ》がある」

「むつかしいことを言って、オレをけむに巻こうとしているな？」

父親よりよほど難しい言葉を知っている。史遠はクスッと笑った。

「とにかくオレはこれから、冷奴《ひややっこ》も湯豆腐も、ぜったいにぜったいに食わない！」

「別にいいけど、それじゃマーボー豆腐も食わないんだな？」

一瞬、間があった。

「そ、それはっ……」

「ラクはマーボー豆腐大好きだよな。マーボー豆腐の日はご飯お代わりするのになあ」

——ラクくんって言うんだ。可愛い名前だな。

豆が嫌いな子供なんて、ちょっと変わっている。

「とうちゃんは、いつからそんなにイジワルになったんだ。マーボーは……あれだけは特別だから……マーボーが食えなくなったらオレは……」

よほどマーボー豆腐が好きなのだろう。ラクは今にも泣きだしそうだ。

「サイさん、ラクちゃんを泣かすんじゃねえぞ」

老婆が笑う。〝とうちゃん〟の名はサイというらしい。

「そうだぞ、とうちゃん。オレを泣かしたら、しょうちしないからなっ」

「いいから早く食え」

サイが必死に笑いを堪《こら》えている様子が伝わってくる。生意気を覚え始めた幼い息子が、可愛くて仕方がないのだろう。

史遠は胸に温かいものを感じ、同時にほんの少しだけ寂しさを覚えた。

——息子か。

もしかすると自分には、一生涯縁がないかもしれない。

史遠が夕霧町を訪れたのは、ほんの気まぐれからだった。何がなんでもこの町を訪れてみたいという、強い意志があったわけではない。ある朝目覚めたらふと「どこか旅にでも出てみたいな」という気分になり、暇に任せて旅支度を始めた。

いい年をした大人がと呆《あき》れられそうな話だが、史遠とて好きで暇になったわけではない。アルバイトをしていたスーパーマーケットが倒産してしまったのだ。

小学校から高校まで、特筆すべき活躍こそなかったものの、まあまあそれなりの成績で過ごした史遠は、そのまま都内の私立大学に進学した。大学でもそれなりの成績だったのだが、就職活動の時期を迎え、初めて人生の壁にぶち当たった。

生来のぽや～んとした性格が災いしたのか、どの企業からも内定がもらえなかったのだ。筆記試験では高得点が取れるのだが、さあ面接だグループディスカッションだとなると、隣の学生より先に一歩前に出ることができず、何か話さなくちゃと焦り出した頃、面接もディスカッションも終わってしまうのだった。

友人たちが次々と内定をもらう中、気づけば史遠だけが取り残されていた。就職活動という一種異様なイベントを乗り切るためには、やる気や能力以外に、何か大切なものがあるのかもしれないと悟ったのは、卒業式の後だった。

かくしてスーパーマーケットでの不安定なアルバイト生活が始まったのだが、実のところ史遠はそれほど気に病んではいなかった。穏やかで優しい初老の店長は、史遠を何かと頼りにしてくれた。就活の波から弾《はじ》き飛ばされた史遠には、店長が寄せてくれる信頼や期待がとても嬉しかった。パートのおばちゃんたちからもいたく可愛がられた。男らしさこそ皆無だが、『刺々《とげとげ》しさのないおっとりとした性格に癒《いや》される』のだという。

店長からは頼られ、同僚とは毎日和気藹々《あいあい》。非正規だということを除けば本当に楽しい職場だった。多少時給が低くても、なんの不満もなかった。ことあるごとに店長が『誰かを正社員に昇格させることになったら、小原くんを真っ先に推薦するからね』と言ってくれていたことも史遠のやる気をアップさせた。

ところが先月、突然スーパーマーケットは倒産し、閉店を余儀なくされた。最後の日、店長は『正社員にしてやれなくてごめんな』と泣いてくれた。史遠は己の今後より、みんなと会えなくなることが悲しくて泣いた。次の仕事を探さなくては思うのだが、すぐには気持ちが切り替えられない。そんな毎日の中でふと、思いがけず手に入ったこの時間を今まで経験したことのない何かに使ってみたいと思うようになった。

行き先はダーツで決めた。地図にダーツを投げて行き先を決めるバラエティー番組に、以前からちょっぴり憧《あこが》れていたのだ。アパートの壁に日本地図を貼り付け、わくわくしながらおもちゃのダーツを投げ、刺さったところが夕霧町だったというわけだ。

——第一村人、じゃない第一町人は、キャバクラ好きのおじいさんだった。

小さく微笑《ほほえ》んだところで、トレーを持った老婆がとことこやってきた。ところがトレーに載っていたのは、史遠の頼んだものではなかった。

「ビールを切らしちまって。申し訳ねえ。代わりに熱燗《あつかん》、どうぞ」

そう言うと老婆は、湯気の上がる徳利《とっくり》と猪口《ちょく》をテーブルに置いた。

史遠は慌てた。日本酒はほとんど飲んだことがない。酒は飲めるがアルコール度数で言えばビールが限界だ。

「ビールがないなら結構――」

「お代はいらねえがら」

そういうことじゃないんだけどと言いかけて、呑《の》み込んだ。

ビールを切らしてしまったからと、代わりに熱燗をつけてくれるなんて、考えてみればなんて親切な人なのだろう。都会のチェーン店では考えられないサービスだ。

もしかするとこういうのが旅の醍醐《だいご》味《み》というやつだろうか。

「ありがとうございます。それじゃ遠慮なく」

史遠はにっこりと笑って会釈をした。

「今、定食お持ちしますで」

老婆もにっこりと笑った。

――やっぱり旅っていいな。

思い切って出てきてよかった。史遠は熱々の徳利を傾けた。

「ん、なにこれ美味《おい》しい」

口に含んだ瞬間、まろやかな香りが鼻に抜ける。ほんのりとした甘みと柔らかな舌触りは、呑み込むのが惜しいほどだった。史遠はくいくいと猪口を空けた。

——醍醐味、醍醐味。

飲むほどに気分がよくなっていく。続いて出てきた定食は、味噌炒めでも生姜焼きでもなく豚バラ焼肉定食だったけれど、「まいっかー」と笑い飛ばして豪快に完食した。

「ひとり旅最高！」

食堂を出る頃には、テンションはマックスに達していた。川沿いの風は季節を先取りするように涼しく、火照った史遠の頬《ほお》を遊ぶように撫《な》でた。

「気持ちいいなあ」

のんきに鼻歌など歌っていられたのはほんの数分だった。

「うぅ……気持ち悪い」

急激に回った酔いのせいで歩くこともままならなくなり、史遠は橋の欄干に背中を預けて座り込んだ。アルバイト先の飲み会などでもビールや酎《ちゅう》ハイを一、二杯飲めば十分だったし、無理に酒を勧められた経験もない。こんなに酔ったのは初めてだった。

プラネタリウムみたいに夜空が回っている。ひどく喉《のど》が渇いていた。

「水……水……」

どこかに水はないだろうかと、ぐるぐるする頭で考えた。

気のせいだろうか、少し霧が出てきた。

「あ、あった」

史遠は欄干に縋《すが》り、よろよろと立ち上がった。

「こんなにいっぱい、お水、あるじゃない」

へらっと笑い、欄干から身を乗り出す。

橋の真下には、音もたてず流れる川。

「あっ、あれ……」

ふわりと身体が浮くのと同時に、遠くから「わあああ！」という甲高い叫び声が聞こえた。


『んっ……んっ……ふっ』

史遠は目隠しをされ、熱い何かに口内を蹂躙《じゅうりん》されていた。

セックスの経験はないが、自分の咥《くわ》えているものが男性の、それも硬く勃起《ぼっき》した陰茎だというこ とはわかった。

身体中が痛い。首も肩も背中も足も。

痛くて痛くてたまらない。死んだ方がマシだと思うほどの激痛だ。

背中に当たる感触はおそらくベッドだ。全身がすーすーと心許《こころもと》ない。全裸にされて、仰向《あおむ》けに寝かされ、男に跨《また》がられているのだ。

――どうして、こんなっ。

必死に逃げを打とうとしたが無駄だった。手にも足にもまったく力が入らない。凶暴な大きさのそれを舌で押し戻す力すら残っていなかった。

――このまま死ぬのかな。

『くっ、ふっ……んぐっ』

喉奥をぐっと突かれ、眦《まなじり》から涙が伝った。

――苦しい。

鼻で息ができることすら忘れてしまいそうになる。

理不尽な暴力に怒りを覚えながらも、史遠はひどく戸惑っていた。

痛くて、苦しくてたまらないのに、感じてしまっているのだ。

男の先端で上顎《うわあご》の奥をぬるぬると擦《こす》られるたび、腰の奥の方がじんと甘く疼《うず》く。目隠しをされているので、剝《む》き出しにされた自分の股間《こかん》を見ることはできないが、きっと浅ましく勃起しているに違いない。

――僕が、勃起?

信じられない。同時に史遠は、これが夢なのだと悟った。

なぜなら史遠のそこは、この世に生を受けてから今日まで二十六年間、一度も完全に勃起したことがなかったからだ。思春期に何度か夢精は経験したが、自分の手でイけたことは一度もない。

――夢か……。

夢ならすべてに納得がいく。男の陰茎を咥えさせられて感じてしまっていることも、EDだったはずの自分が勃起していることも。

『んっ……んっ……』

呻《うめ》き声が、次第に甘さを帯びてくる。

『なんだ、感じてんのか』

史遠の変化に気づいた男が、呆れたように呟《つぶや》いた。

どこかで聞いたことのある声だと思ったが、思い出せない。

『イきたいのか』

男の声が艶《つや》めいている。口内狭しと膨れ上がっているものは熱く硬く、弾ける瞬間を待っているようだった。

男を奥まで含んだまま、史遠は素直にコクンと頷《うなず》いた。

夢でならイけるだろうか。初めての射精を経験できるだろうか。史遠は自分の股間にそっと手を伸ばしたが、男がそれを封じた。

『俺が先だ。俺のを飲んだら、イかせてやるから』

射精の順序に何の意味があるのだろう。しかも飲むって、まさか……。

『ちゃんと全部残さず飲めよ。いいな――出すぞ』

男の抽挿が速まり、止まった。

『……くっ！』

その瞬間、史遠の喉奥にどくどくと熱い体液が放たれた。

『んぐっ……うっ、ぐふっ』

『吐くな。飲め。全部飲むんだ』

――そんなことを言われても。

眦を濡《ぬ》らしながら、必死に男の精を飲んだ。史遠がすべて飲み下したのを見届けると、男は安堵《あんど》したように『よかった』と小さな声で呟いた。

犯されたと言ってもいい状況なのに、なぜだろう驚くほど不快感がない。

それどころか全身を襲っていた激しい痛みが、徐々に和らいできている。

『ちゃんと飲めたご褒美だ』

男の声が、さっきよりクリアに聞こえる。

――この声って……。

思い出しかけた時、男が史遠の股間に顔を埋《うず》めた。

『あ、ちょ、やっ……』
嫌と言ってはみたものの、史遠のそこはもう言い訳のできない状態になっていた。
見なくても触らなくてもわかるほど、男の愛撫《あいぶ》を求めていた。
『はっ……あぁぁ、っん……』
気づけば史遠は、いやらしく腰を揺らしていた。
猛《たけ》った中心に、男の舌が絡みつく。
先端の割れ目を舌先で攻められ、腰の奥がどろりと溶けるような気がした。
――……気持ちい。
『ここ、いいのか？』
『いい……そこ、気持ちいい、あっ、あぁっ、もう――』
初めてなのに、もうすぐなのだとわかった。
『なんか、すごいな』
『え？　あっ……やぁ、あ、ん』
何がすごいのかわからないまま、史遠は急速に上りつめ、そして爆《は》ぜた。
『ひっ……あっ！』
びくびくと身体が痙攣《けいれん》する。
目くるめく快感に目蓋《まぶた》の裏が真っ白になって――史遠はふたたび意識を手放した。

目が覚めた時、史遠は見知らぬベッドの上に横たわっていた。

――ここは……？

起き上がろうとすると、「ああ、ダメダメ」と声がした。バタバタと慌てた様子で駆け寄ってきたのは、三十歳くらいの背の高い男だった。白衣を纏《まと》っている。

「急に起き上がるな。脳貧血を起こす」

「あの、ここは」

「町の診療所だ。私は院長の桐ケ窪壱呉《きりがくぼいちご》」

壱呉に背中を支えてもらい、史遠は上半身を起こした。

「小原史遠くんだね？」

「……はい。そうですけど」

なぜ名前をと訝《いぶか》る史遠に、壱呉はベッドサイドの脱衣かごを指さした。きれいに畳まれた服の上に運転免許証が載っている。いつの間にか病院着に着替えさせられていた。

「昨夜のこと、まったく覚えていないのか」

「昨夜……」

――バイト先が倒産してひとり旅に出たんだ。で、夕霧町の食堂で日本酒を……。

「あ」

「思い出した？」

史遠は「はい」と頷いた。初めての日本酒に酔っぱらって橋から川に落ちたのだ。身体が傾《かし》いで欄干を越え、水面が近づいてきて――そこらあたりで記憶は途切れている。

――ってことは、この先生が旅館のおじいさんにキャバクラの割引券を……。

余計なことまで思い出してしまった。

「川面《かわも》まで十メートル以上あった。運がよかったと言うしかないな」

「なんとお礼を申し上げれば……本当にありがとうございました」

「礼なら俺じゃなくそっちの男に言いな。助けたのはそいつだ」

壱呉の指す方を振り返ると、そこにいたのは――。

「よかったな、生きていて」

窓辺に佇《たたず》んでいた男が不機嫌そうに言った。

「あ……」

口を半分開いたまま、史遠は固まった。

長身の壱呉よりさらに数センチ背が高かった。百八十センチを軽く超えているはずだ。会社勤めをしていたら「もう少し切りなさい」と上司に指摘されそうな栗色の髪が暑苦しく感じられないのは、男の纏う清潔感のせいだろう。

袖《そで》をたくし上げた真っ白なシャツが、引き締まった浅黒い肌を引き立たせている。体躯《たいく》は太すぎず細すぎず、筋骨隆々というわけではないが、手足が長くバランスがよい。いわゆる細マッチョというやつだ。

目元は切れ長だが、二重で瞳が大きい。髪より若干色彩の薄い瞳は、ともすると冷たさを感じさせるほど凜《りん》と澄んでいる。すーっと通った鼻筋ときりっと真一文字に結ばれた口元は、いかにも意志の強そうな印象だ。

全国の男たちが嫉妬《しっと》しそうな、文句なしの美男子だった。

ただひとつのことを除いては。

——マジか……。

頭がくらくらするが、まずは礼を告げなくてはならない。

「助けていただいて、ありがとうございました」

「ひと足先に店を出たあいつが『とうちゃんたいへんだ、人が川に落ちた!』と大騒ぎしなかったら、あんたは今頃どんぶらこと太平洋まで流されていたところだ」

診療所の庭には小さな砂場とすべり台が設《しつら》えられていた。小さな男の子がすべり台を、頭から勢いよく滑り下りていく。男が窓を開けた。

「楽《らく》! 頭から滑ったら危ないと、何回言ったらわかるんだ」

楽はまるで反省していない顔でぺろっと舌を出し、すべり台を駆け上っていった。男は苦笑交じりに「あいつめ」と舌打ちした。

「こいつは九守左維《くもりさい》。あの生意気なちっちゃいのが、左維のひとり息子、楽だ」

左維に代わって壱呉が説明してくれた。

「おい、イチゴ！　スイカ！　ミカン！　ちっちゃいのって言うな！」

すべり台のてっぺんで楽が叫んでいる。「相変わらずの地獄耳だ」と壱呉が笑った。

やはりふたりは、あの時食堂で豆腐について揉《も》めていた父子——左維と楽だった。

「楽くんに、お礼を言いたいのですが」

「そのうち飽きて入ってくるさ。それよりあんた、どうしてこの町に？」

左維が尋ねた。免許証に記載されている住所は東京都内のものだ。観光地でも何でもない東北の田舎町に何をしに来たのか、気になるのは当然だ。

「親戚でもいるなら連絡とってやるぞ。あんたのスマホ、完全にダメみたいだから」

左維に言われ、水没したスマホが死んだことを知った。ショックだったが事情が事情だ。この際命が助かったことを喜ばなくてはならないだろう。

「親戚を訪ねてきたのではありません。旅行です」

「こんな田んぼしかないド田舎に？」

「はい。ひとり旅を」

左維と壱呉が怪訝《けげん》そうに顔を見合わせた。

「えっと、あの、ですね、少々わけがありまして」

史遠はアルバイト先の倒産から今日までの経緯を、かいつまんで説明した。

「急に倒産か。それは大変だったたな」

「ダーツ……ね」

壱呉はいくらか同情しているようだったが、左維は鼻白んだ様子で肩を竦《すく》めてみせた。壁の地図にダーツを投げる姿には、確かにあまり悲壮感はない。

「とりあえず大きな怪我《けが》はないようだけど、落ちた高さが高さだからな。二、三日は安静にしていた方がいい。ご家族は？　連絡する？」

「いいえ。両親はすでに他界していますし、兄弟もいません」

左維がチラリと顔を上げた。

「そう。一応既往歴聞いておくけど、これまで何か大きな怪我や病気をしたことは？」

「病気はありませんが、怪我で入院したことは何度か」

「何度か？」

「はい。最初は確か五歳の時でした。空に虹がかかっていたんです。それがあんまりきれいだったので見上げながらを歩いていたら、マンホールの蓋が開いていて」

「落ちたの？」

壱呉が目を剝く。

「はい。足を骨折して入院しました」

左維の大きなため息が聞こえた。

「その次は小学校六年生の時です。僕はスポーツが苦手なんですけど、その日はサッカーをやっている友達から『助《すけ》っ人《と》に入ってくれ』って頼まれて、仕方なくゴールキーパーをすることになりました。シュートが来ませんようにって、ずっと祈っていたんですけど、後で聞いたら相手はものすごく強いチームだったらしくて、開始五分で至近距離からシュートを打たれて、ボールが顔面を直撃して脳震盪《のうしんとう》を起こしました。入院期間は三日くらいだったと」

壱呉がなんともいえない顔で「災難だったな」と呟いた。

「その次は――」

「まだあるのか」

左維が呆れた声で言った。

「はい。中学二年生の時に、ぼんやり歩いていたら道を間違えてしまったらしく、多分こっちかな~と思って進んだ道の先が行き止まりで、そこに運悪く野良犬がいまして――」

「もういい。大体わかったから」

そう言って壱呉はカルテに『ぼんやり』『方向音痴』と書きなぐった。

ぼんやりや方向音痴は病気なのだろうか。史遠は首を傾げながら、今回も大事に至らず本当によかったと、あらためて神さまに感謝した。

「いろいろとご迷惑ご心配をおかけしました。今日は旅館で大人しくしています」

「旅館？　まさかキャバ爺《じい》のところか」

左維が頓狂《とんきょう》な声を上げた。

「キャバ爺？」

「受付に耳の遠い爺さんがいただろ。三度の飯よりキャバクラが好きなんだ。資産家だったのに、毎夜片道二時間かけて隣町のキャバクラに通い詰めて、財産すべてキャバ嬢につぎ込んじまった。で、付いたあだ名がキャバ爺」

——それでか。

受付でのやり取りを思い出して可笑《おか》しくなった。

「あの旅館、確か素泊まりだろ」

「はい。それであの食堂を紹介していただいたんです」

「じゃあ部屋にはまだ？」

「まだ入っていませんけど……」

左維は壱呉と顔を見合わせ、くくっと笑った。何やら嫌な予感がする。

「あの旅館で身体を休めるのは無理だろうな」

左維は人ごとのように言った。

「どういうことですか」

「以前は食事も出していたらしいけど、何年か前にやめた。まあキャバ爺の賢明な判断だ。あんな汚い厨房《ちゅうぼう》で作った飯、ネズミだって跨《また》いで通るからな。部屋は隅々までホコリだらけ、布団はカビだらけ。空調が壊れているから夏は暑く冬は寒い。窓なんか開けようもんなら網戸がないから虫が入り放題だ。部屋の中にいながらアウトドア感覚を楽しめるという、ありがたーい旅館だ」

「嘘……」

左維の話を聞いているうちに、また頭がくらくらしてきた。

「しかも一泊二万円。誰も泊まらないって」

「に、にまんえん？」

史遠は目を剝いた。

「旅行ガイドには、確か二千円って」

「写真のクソボロい外観と、素泊まりだという先入観から、一年にひとりくらい桁《けた》を見間違えて予約するバカ……疑うことを知らない純粋無垢《むく》な旅行者がキャバ爺の網に引っ掛かる。その金をキャバ爺は、キャバクラにつぎ込むってわけ」

「ひぃぃ……」

そんな毒蜘蛛《どくぐも》の巣みたいな旅館だったとは。史遠は真っ青になった。

「しかもあんた、連絡もなしにすっぽかしたんだろ。いくら取られるかわからないぜ。あー
あー、お気の毒に」

「あ、有り金奪われて、み、身ぐるみ剝《は》がれるでしょうか」

「奪われて、剝がれるだろうな」

「ひぃぃ……」

史遠が涙目になったところで、カルテを書いていた壱呉が「左維、そのくらいにしとけ」

と顔を上げた。

「確かにあの旅館じゃ、身体を休めるのは無理だな。食事のたびに外出しなくちゃならない。

かといってこの診療所には入院施設はないし」

壱呉はしばらくの間ペンでデスクをコツコツ叩いていたが、やがて「そうだ」とその手を
止めた。

「いっそ、お前の店で世話してやるのはどうだ、左維」

「は?」と左維が眉《まゆ》を吊《つ》り上げた。

「え?」と史遠は首を傾げる。

「ちょっと待て、壱呉。なんで俺がこいつの面倒を見なくちゃならないんだ。いっそってな
んだ、いっそって」

「そうですよ。そんな申し訳ないことできません」

史遠は全力で遠慮した。

「体力が回復するまでの間だろ。硬いこと言うな」

「冗談じゃない」

「そうですよ。そんな申し訳ないことできません」

「しかしせっかく助けた……えーっと」

壱呉がカルテを覗《のぞ》き込む。

「小原史遠です」

「そうそう。史遠くんがだな、キャバ爺の旅館から変死体で発見されたりしたら、お前も心が痛むだろ」

「全然」

即答だった。さすがにちょっとは痛んで欲しいかなーと思っていると「とうちゃん、のどかわいたー」と元気のいい声がした。すべり台から戻った楽だった。

「こんにちは」

微笑みかけると、楽はさっと左維の後ろに隠れてしまった。左維の腰のあたりから頭の上半分だけを出して史遠を窺《うかが》っている。

——可愛い……。

警戒心の強い小動物のようだ。

「とうちゃん、こいつ、オレんちに来るの？」

「こいつと言うな」

「小原史遠です。昨夜、僕を助けてくれたんだってね。ありがとう、楽くん」

にこっと微笑むと、楽は愛らしい大きな瞳を見開き、さーっと頬を染めた。さらっさらの髪に天使の輪ができている。男の子らしく健康的に焼けた素肌が、汗で光っている。

——ますます可愛い……。

と思った次の瞬間、楽はぷいっと横を向いてしまった。

「ねえとうちゃん、史遠はうちに来るの？」

「呼び捨てにするな、楽」

「どうしても来るって言うなら仕方がないから、ちょっとだけオレのおやつ、わけてやってもいいけど」

どうやら史遠が家に来ることが嫌だというわけではないらしい。

——やんちゃだけど、優しい子なんだな。

「ねえ、いいでしょ。うちは商売してるから、イヌもネコもハムスターも飼えないってとうちゃんが言うから、オレずっとがまんしてきたんだぞ？　でも人間ならいいでしょ？　散歩させなくていいし、留守番だってできる——うぐぐ」

左維が楽の口を手で押さえた。壱呉が天井を仰いで「あっはは」と笑った。

ハムスターと同列にされ、史遠は思い切り脱力する。

「チビもああ言っているんだ。東京に帰る体力が戻るまで、史遠くんを置いてやれよ」

ひとしきり笑った後、壱呉は左維に半分真顔で言った。「チビ」に反応した楽が、左維に口を塞《ふさ》がれたままじたばたと暴れている。

「真面目な話、チビを保育園に通わせないなら――」

「通わせないわけじゃない。時期を待っているんだ」

「同じだ。得意先のじいさんばあさん以外、ほとんど人と触れ合う機会がないだろ」

「俺も楽も特に困っていない。保育園や幼稚園は義務教育じゃない。法的には問題ないだろ」

「日本の教育制度の話をしているんじゃない」

左維と壱呉の間に、気まずい沈黙が落ちる。

「だったらなおさら、しばらくの間史遠くんを置いてやれ。同じ年頃とはいかないけど、じじばばよりはずっと年が近い」

「…………」

壱呉の言葉に、左維が黙り込んだ。

――楽くん、保育園に行ってないんだ……。

どうしてだろうという気持ちと、それも仕方ないのかもしれないという気持ちが、同時に湧《わ》き上がってくる。

左維が腕組みをすると、口が自由になった楽が「こんどチビっていったら、ただじゃおかないからな！　リンゴ！　キウイ！」と壱呉にガンを飛ばした。

形のいい唇をきゅっと結び、左維が考え込む。俯《うつむ》き加減の額に、さらりと前髪が垂れている。何かを憂うような横顔に、史遠の胸はなぜかぎゅっと痛みを覚えた。

「あの、本当にそこまでしていただくわけにはいかないので、僕は予定通りあの旅館に――」

「一万円」

左維が顔を上げた。

「え？」

「一万円で置いてやる。体力が回復するまで無制限。飯付き風呂付きで、キャバ爺んとこの半額だ。布団もカビてないぞ。悪くないだろ」

「え、だって、そんな」

あわあわと両手を振る史遠の顔を、楽が見上げた。

「な、悪くないだろ、史遠」

史遠の下半身に掛けられた布団を、楽の小さな手がぎゅっと握っている。

帰るなんて言わないよな？　そんなこと言わないよな？

声にならない声が聞こえた気がした。

――楽くん……。

「遠慮する子は可愛くないんだぞ？　トメさんは、いつもオレにそう言っている」

トメさんが誰だかは知らないが、史遠は「そうだね」と頷いた。

「迷惑かけついでに、歩けるようになるまでお世話になってもいいですか」

「やったあ、やったあ、やったあ！　史遠がうちに来る！」

楽が飛び跳ねながら、狭い診察室をくるくる走り回る。左維はやんちゃの塊のような息子を軽く窘《たしな》めながら、ベッドサイドで背を向け、腰を屈《かが》めた。

「乗れ」

「……え」

「車はあいにくガレージに置いてきた」

家まで負《お》ぶってくれるらしい。

「いえ、そんな、滅相もない」

「遠慮は可愛くないぞ、史遠。トメさんに叱《しか》られるぞ」

おんぶ、おんぶ、と楽に囃《はや》したてられ、史遠は顔を赤くして左維の背中に手を伸ばした。

ひょいと抱き上げられ、左維の逞《たくま》しい肩にしがみつく。

「十分くらい歩くから、しっかり摑《つか》まってろよ。楽、史遠のリュックサックを背負えるか」

「背負える！　背負えるにきまってる！」

楽は荷物の詰まったリュックサックを、よろよろしながら背負った。

「ごめんね楽くん。重いでしょ」

「こんなのぜんっぜん、重くない」

「途中でバテたらとうちゃんが持ってやるからな」

壱呉に礼を告げ、三人で診療所を出た。

目覚めたのは何時だったのか、時間の感覚がわからなかったが、太陽の位置を見るにもう正午近いのだろう。

「気分、悪くないか」

「大丈夫です。すみません」

——優しいな。

楽も、そして左維も。

生意気だったり不愛想だったりするけれど、ふたりとも史遠の心配をしてくれている。

——こんなに優しいのに、人間じゃないんだよな。

史遠は左維の頭上に生えた二本の〝それ〟を、さりげなく見上げた。

うっすらとしたシルエットを、こんなに間近で見るのは初めてのことだった。

——まさかこんなところで出会うなんて。しかも父子で。

「とうちゃん、オレ、ちっとも重くないぞ……重くなんか、ないから、ぜんぜん」

ふらふらとよろめきながら後を付いてくる楽の頭にも、小さな〝それ〟が生えている。

楽のは一本だ。

「楽くん、ごめんね。大丈夫？」

「これくらい平気に、決まってる……わっ」

ぺたんと尻餅《しりもち》をついた楽の背中から、左維がリュックサックを取り上げた。

「あ、とうちゃん、返して！　史遠のリュックはオレが持つんだから！」

「あそこの角を曲がったら持たせてやるから。ほら、立て」

史遠を背負い、片手でリュックを抱えたまま、左維は楽の尻の砂を払ってやった。

「ホントだな？　よぉーし」

走り出した楽の背中に、左維が「転ぶなよ」と声を掛けた。

どこにでもいる父と子。だけどふたりは人間ではない。

史遠はその事実をどう受け止めていいのか、まだわからずにいた。

「とうちゃん、史遠、はやくはやくーっ」

曲がり角で楽が叫んでいる。

「ったく、仕方ないやつだ」

左維が苦笑しながら、優しいため息をついた。

史遠にはひとつだけ、誰にも言えない秘密がある。

鬼が見えるのだ。

正確には、鬼の頭に生えている角や、口元からはみ出す牙《きば》のシルエットが見える。

人間が作り上げ、人間が支配していると誰もが信じているこの世界には、実はたくさんの鬼が紛れている。史遠の体感では、およそ一万人にひとりくらいの割合だろうか。性別はすべて男だ。女の鬼はいないが、もしかすると史遠が出会ったことがないだけかもしれないから、本当のところはよくわからない。自分と同じような体質の人間が他にもいるのかいないのか、それすらもわからないのだから。

彼らはその特徴である角や牙を消し、完璧なまでに人間の姿をしている。だから普通の――史遠以外の人間には、まったく見分けがつかない。

史遠は、子供の頃から鬼の角や牙がうっすらと見えてしまう特殊体質だった。物心ついた頃には、彼らの頭部に生える二本の、あるいは一本の角や、口元からにょっきりはみ出した牙がうっすらと見えるようになっていた。

両親は史遠が生まれて間もなく相次いで亡くなった。自分がどうしてこんな体質になったのか、家系なのか遺伝なのか突然変異なのか、今となっては確かめる術《すべ》もない。少なくとも両親の代わりに史遠を育て上げ、高校を卒業するまで一緒に暮らしていた祖父母から「鬼が見える家系だ」という話を聞いたことはなかった。

一度だけ、祖母に尋ねてみたことがあった。今の楽と同じ四、五歳の頃だったはずだ。

祖母と散歩をしていると、道路の向こう側を歩いている男性の頭に角が見えた。

『ねえ、ばあちゃん、あのおじさん、あたまに角があるね』

それまでにも何度か鬼を見たことはあったが、どうやら自分以外の人には角も牙も見えていないらしい。それをずっと不思議に思っていた。

『角？』

『うん。あのおじさん、きっと鬼なんだよ。ほら、ばあちゃんも見えるでしょ？』

『鬼？』

祖母は足を止め、『ああ』とひとり納得したように頷いた。

『この間読んであげた「泣いた赤鬼」のお話を思い出したんだね。心配しなくてもいいんだよ、史遠。あれはただの昔話。誰かが作ったお話だから、本当にあったことじゃないの。史遠が暮らしているこの世界には、鬼なんていないのよ』

——そうじゃなくて。

どう説明すればわかってもらえるのだろう。自分の身に起きていることを理路整然と話すには、その時の史遠は幼すぎた。ただひとつわかったことは、一番身近な、血の繋《つな》がっている祖母ですら人間と鬼を見分けることができないということだ。

史遠は鬼が見えることについて、誰かに理解を求めることを諦《あきら》めた。

角や牙があるというだけで、鬼たちの暮らしぶりは人間と何ひとつ変わらない。それどころか彼らは一様に邪念がなく、大らかで心優しい。そして勤勉だ。社会の役に立ちこそすれ、人間に害を加える者はいない。少なくとも二十六年の人生において、ズルい鬼や意地の悪い鬼、反社会的な鬼などに出会ったことはただの一度もなかった。

これまで直接自分と関《かか》わりのある者、例えば担任の教師だとか学校の友人などに、鬼はいなかった。一番近しかった鬼は高校の物理の担当教師だったが、文系コースだった史遠は一度も話をする機会のないまま卒業した。生徒たちからとても人気のある教師だった。

大学二年生の時、友達に誘われて野球観戦に行った際、運悪くファールボールが頭を直撃して気を失った。幸い脳に異常はなかったが、念のためにと一日だけ入院した総合病院の外科医の中に、ひとり鬼がいた。しかし彼もまた主治医ではなかったため、言葉を交わすことなく史遠は退院した。入院中何度か、腕のいい心の優しい医師だと看護師たちが彼を褒めるのを耳にした。

結局史遠は鬼を見かけることはあっても、言葉を交わしたことは一度もない。

生まれた時から見えていたせいもあって、史遠は鬼に対して嫌悪感や恐怖心を抱《いだ》いたことはない。それでも自分から彼らに近づこうとは思わなかった。外見的にも内面的にも見事なまでに人間社会に適応している彼らの正体を知る者は、史遠の他にはいないのだ。彼らはおそらく、自分たちの正体に気づいている人間がいるとは、想像もしていないだろう。

それが恐ろしかった。彼らがもし史遠の特殊な体質に気づいてしまったら。彼らが鬼だということを「見抜ける」人間なのだとバレてしまったら……。

大らかで勤勉な彼らも、正体を知られたからには生かしておけないと思うかもしれない。

『見～た～なぁ～～～～』と大きなその牙を剝き出しにして、地獄の底まで追ってくるかもしれない。

鬼は怖くない。しかし自分が「鬼を見抜ける人間だ」と知られることは怖かった。

だから史遠は街で頭にうっすら角を生やした男を見かけても、気づかないふりをしてきたのだったが――。

左維の頭には、今まで見たどの鬼より太く立派な角が二本、にょっきり生えている。

鬼の存在が自分の妄想や思い込みではなかったことを、今さらのように思い知った。

角を曲がると、通りの外れに古びた看板が見えてきた。

「あそこが俺たちの家だ」

「何でも屋『天晴《あっぱ》れ』……？」

「オレのとうちゃんはな、なんでもできるんだぞ。すご――いとうちゃんなんだ」

楽が誇らしげに腰に両手を宛《あて》がった。

「ま、便利屋みたいなもんだ」と左維が言った。

「楽、帰ったらすぐに風呂を沸かせ。史遠の身体を洗ってやらないと」

「がってんだ！」

父親の命に、楽が敬礼をしてみせた。

「い、いいですそんな」

「川に落ちたままなんだぞ？　そんな身体でうちの布団に寝かせるわけにはいかない」

「そういえばきのう、あの川で、キャバ爺がおしっこしてた」

楽がけらけら笑った。史遠は思わず「ぐえ」と唸《うな》った。

「じ、自分で洗いますので」

「無理すんな」

「ほ、本当に大丈夫ですから」

「今さら遠慮とか」

「遠慮してるわけじゃ……」

決して遠慮しているわけではなかった。

――左維に身体を洗ってもらうなんて無理。無理無理無理。

思い出すと、ごくりと喉が鳴った。どうしてあんな夢を見てしまったのだろう。熱く猛った陰茎を喉奥に咥え、精液を飲み干した。そして我慢のならなくなった自身を彼に舐《な》め上げられ、浅ましく腰を振り、あられもない声を上げて――あっという間に果てた。

二十六年間、一度も自分の手でイけたことがなかった。もちろん誰かと身体を重ねたこともない。初めての経験があの夢だった。夢だとわかっているのに「経験」だと言い切ってしまえるほどリアルな快感だった。

あまりに淫《みだ》らな夢。男の舌が絡みつく感触が、濡れた声が、今も蘇《よみがえ》ってくるようだ。

『なんだ、感じてんのか』

史遠はぎゅっと目を閉じた。

――どうして……。

診療所のベッドで目覚め、左維の声を聞いた途端に思い出した。

史遠が思わず固まった理由は、左維と楽の頭に角を見つけたからだけではない。

直前に見ていた淫夢《いんむ》の相手が、そこにいたからだ。

「オレがあらってやる！　オレが史遠をあらいたい！」

「そ、そうだね。楽くんにお願いしようかな」

「オレにお願いするか？」

「はい。お願いします」

左維の広い背中で、史遠は小さな救世主に縋った。


橋の上から川に転落した経験を持つ人は、多分そう多くない。橋の位置が高くなればなるほど生存率は下がるだろう。ごつごつした河原に落ちたりすれば、それこそもっと悲惨なことになりそうだ。

診療所で目を覚ました時には、正直それほどダメージを感じなかった。大きな怪我をしているわけではなかったし、大量に水を飲んだふうでもなかった。左維か壱呉が吐かせてくれたのかもしれない。

ところが左維の家に着き、風呂場で楽に身体を洗うのを手伝ってもらい、縁側の傍《そば》にある六畳ほどの和室に敷いてもらった布団に入った瞬間から、史遠はなんと丸二日間眠り続けた。身体は思っていたよりダメージを受けていたようだった。十メートルもの高さから水面に叩きつけられ、傷ひとつ負っていなかったのだから確かに奇跡だったのだろう。

心配した左維が声を掛けるたび夢うつつに返事をしたらしいが、史遠自身はまったく覚えていない。壱呉も何度か往診してくれたという。

三日目の朝、猛烈な空腹感で目覚めた。

左維が作ってくれたお粥《かゆ》を、上顎に火傷《やけど》をしながら一心不乱にかき込んだ。最後はもう茶碗《ちゃわん》によそうのも面倒になって、土鍋ごと抱えてがつがつと食した。

『熱っ……美味しい……熱っつぅ……でも美味しい』

『ただの粥だぞ』

『美味しいです。本当に美味しい。こんなに美味しいお粥、生まれて初めてです』

お世辞でもなんでもなく、今まで食べた物の中で一番美味しかった。感激する史遠に、左維はともすると酷薄そうに見えるその口元を緩め、『よかった』と頷いた。

通りすがりの旅行者がどうなろうと知ったこっちゃない。診療所ではそんな態度だった左維だが、ぶっきらぼうな口調とは裏腹に、実にかいがいしく史遠の世話を焼いてくれた。

おかげで史遠は、その日の午後には左維の肩を借りずひとりでトイレまで歩けるようになった。食事は朝昼晩、楽が枕元まで運んでくれた。翌日には縁側に腰かけて足をぶらぶらできるまでに回復した。

四日目、もう大丈夫かもしれないと、調子に乗って沓脱石《くつぬぎいし》のサンダルをひっかけて庭を歩いてみたのだが、やはり脳貧血を起こしてしまい左維に叱られた。

「史遠！　おーい、史遠！　しーおーんーっ！」

バタバタとけたたましい足音がして障子が勢いよく開いた。五日目の朝だった。

「史遠、おっはよう！　起きてたか？　もう起きてたか？」

「起きてたよ。おはよう、楽」

「よかった。とうちゃんに『寝てたら起こすな』って言われてるからな」

本当は楽の足音に起こされたのだけれど「お気遣いありがとう」と笑ってみせた。

「よいっしょっと」

肘《ひじ》を支えにゆっくりと上半身を起こす。

「オレにつかまれ、史遠」

すかさず楽が手を引いて、起きるのを手伝ってくれた。小さな騎士《ナイト》だ。

「ありがとう」

「無理をするなって、とうちゃんが言ってたぞ。無理していないか？」

「大丈夫。無理はしていないよ。昨日よりずっと気分がいいんだ」

「それじゃ、今日こそオレたちといっしょに――」

楽が訴えかけるような瞳で何か言いかけた時、障子が開いて左維が入ってきた。

「おはよう、左維」

「おはよう。調子はどうだ」

「おかげさまで、今朝はかなりいいよ」

三日目の朝、左維から『さん付けはやめろ』と言われた。左維が自分よりふたつ年上だと聞いて最初は尻込みしたが『さんを付けたら返事をしない』と言われ、以来「左維」「史遠」と呼び合うようになった。

それを聞いていた楽が『なんでオレだけ楽〝くん〟なんだ』と拗《す》ねたのには笑ってしまった。『それじゃ、これから楽くんのこと、楽って呼ぶね』と言うと、楽はちょっと恥ずかしそうに、だけどとても嬉しそうに『べつにいいけど』と鼻を指で擦った。

「ねえ、とうちゃん、今日こそいいよね？　史遠、すごく調子がいいって。もうすっかり元気になったって」

「史遠に聞いてみなくちゃわからないだろ」

「史遠、元気か？」

振り向きざまに問われ、史遠は反射的に「う、うん。元気」と頷いた。

「ほらね、元気だって。史遠、元気になったって！　ね、とうちゃん、いいでしょ？」

満面の笑みを浮かべる楽に、左維はやれやれと苦笑する。

聞けば楽は、史遠が昏々《こんこん》と眠り続けているうちから、食卓で史遠と一緒にご飯を食べることを熱望していたのだという。しかし左維に『元気になったらな』と言われ、史遠が回復するのを今日か明日かと待ち続けていたらしい。

――楽……。

なんて可愛いんだろう。胸がじんわり熱くなる。見ず知らずの旅行者なのに。しかもふたりに迷惑をかけること以外何もしていない。それなのに左維は文句ひとつ言わず面倒を見てくれ、楽は史遠が元気になるのを待ちわびてくれる。

「左維、そっちで一緒に朝ご飯をいただいて、いいかな」

「大丈夫なのか。楽の言うことを真に受けるなよ」

「ううん。本当にもう大丈夫そうな気がするんだ」

史遠は布団の上に立ち上がり、腕をぐるぐる回してみせた。

「ほらね。全然ふらふらしない」

「やったぁ！　史遠が元気になった！　史遠、こっちだ！　オレが案内する！」

はしゃぐ楽に手を引かれ、史遠はこの日初めて左維父子と同じ食卓を囲んだ。


何でも屋『天晴れ』は、その看板に偽りなく、本当に何から何まで引き受ける町の便利屋だった。夕霧町の主要産業は農業だが、これといった特産品もなく過疎化と高齢化が深刻だった。町民のほとんどが六十五歳以上という超高齢の町で、便利屋などという都会の商売が成り立つのだろうかと思ったが、意外や意外、『天晴れ』は立派に繁盛していた。

店構えはお世辞にも立派とは言えない。シャレにならない角度に曲がった看板の横には、白い布切れがはためいている。【営業中】のマークらしい。

建て付けの悪い入り口扉を開けると、飾り気の欠片《かけら》もない十畳ほどの土間が広がっている。脱穀機、車のオイル、虫網などが渾然《こんぜん》一体となって並ぶ傍らに、年代物の火鉢や壺《つぼ》が飾られている。商売意欲ゼロの古物商が営む骨とう品店のような、雑然とした雰囲気だ。

土間の奥に受付カウンターらしき一角があるのだが、スペースの大半が物に占領されている。インターホンも壊れているのだが「何の問題もない」と左維は言う。仕事の依頼は、ほとんど電話で受ける。パソコンやスマートホンとは縁遠い町の老人たちは、必ず自宅の電話から依頼をよこすのだという。

左維が留守の時は、留守番電話にメッセージが残されている。ちょっとハイカラなおじいちゃんおばあちゃんは、ファックスを流してくる。そういう事情だから、看板が曲がっていてもインターホンが壊れていても、確かに何の問題もなかった。

仕事の内容は、実に多岐に亘《わた》っている。

犬の散歩、掃除や洗濯・食事の支度といった家事の代行、屋内外の片づけ作業など便利屋の定番とも言える仕事に加え、田舎町らしく春には田植えの、秋には稲刈りの手伝い依頼が殺到し、てんてこ舞いなのだという。地域柄、冬は毎日のように雪かきの依頼が入るらしい。

都会の便利屋と違い探偵業務や夜逃げの手伝いなど、ダークな依頼は皆無だ。代わりに足腰の弱った高齢者からの買い物代行や、ちょっとした介護補助の依頼が多いという。他にも各種家電の修理や家屋の修繕、バイクの整備まで引き受けるというのだから驚きだった。

『オレのとうちゃんはな、なんでもできるんだぞ。すご――いとうちゃんなんだ』

あの日楽が言っていたことは、大げさでもなんでもなかったのだ。

留守番しつつその日一日左維を見ていて、史遠にはわかった。左維は、町中の老人から頼りにされ、愛されている。たとえ彼が鬼であろうと、その事実は変わらない。

「史遠、付き合わないか」

風呂から上がった史遠は、縁側でグラスを傾けていた左維に声をかけられた。

障子の雪見窓を覗くと、楽は布団の中ですーすーと可愛らしい寝息をたてている。

丸盆にはビール瓶《びん》と枝豆と、陶器製のビアグラスがふたつ用意されている。左維は今夜、史遠を酒に誘うつもりだったらしい。

「じゃ、ちょっとだけ」

丸盆を挟んで腰を下ろすと、左維がビールを注《つ》いでくれた。

九月もまもなく終わるというのに、今夜は少し蒸し暑い。それでも湯上がりの火照った身体に秋の夜風が心地よかった。

「乾杯」

「……乾杯」

陶器のビアグラスを静かにぶつける。

唇に触れた泡はきめ細かで真綿のように優しかった。

「冷たくて美味しい」

「だろ？」

汗がなかなか引かない。パジャマ代わりのTシャツの胸元をハタハタさせていると、左維が廊下の隅から団扇《うちわ》を持ってきてくれた。

「ありがとう」

史遠はTシャツの裾《すそ》を思い切り捲《まく》り上げ、団扇で豪快に扇《あお》いだ。

「あー涼しくて気持ちいい。左維も扇ぐ？」

何気なく横を見ると、左維はなぜか慌てたように視線を逸《そ》らした。

「俺は……いい。扇ぎすぎると腹が冷えるぞ」

「平気平気」

もっと風を当てようと、裾を胸まで捲《めく》ると、左維が「おいっ」と目を剥いた。

「ん？　やっぱり左維も扇ぐ？」

左維は「そうじゃなくて」とビールを苦そうに呷《あお》った。

顔を正面に向けながら、左維はチラチラと史遠の白い腹に視線を送っている。

「どうせ細くて白くて男のくせに頼りねえなーとか思ってるんでしょ」

ちょっとひねくれてみせると、左維がビールに噎《む》せた。

「そ、そんなこと、思ってない」

「いいんだ。自分でもそう思ってるんだから。羨《うらや》ましいよ。左維みたいに男らしい身体」

「俺は……」

左維は何か言いかけて、呑み込んでしまった。

「お前、いつもそんな感じなのか」

「そんな感じって？」

左維にとって自分はどんな感じなのだろう。

手を止めて首を傾げると、左維は「なんでもない」とグラスのビールを飲み干した。

空いたグラスにビールを注いでやる。

「ビールは瓶。グラスは陶器。仕事終わりのささやかな贅沢《ぜいたく》だ」

「今日も一日お疲れさまでした」

「枝豆も贅沢」

「枝豆は贅沢じゃないでしょ」

「うちじゃこれ、食卓には出せないんだ」

ふっと小さく笑い、左維は鮮やかな緑色の枝豆を口元でぷちんと弾けさせた。

「どうして……」

言いかけてすぐに気づいた。楽が豆を嫌うのだろう。

あの時の楽の剣幕を思い出し、史遠は思わずくすっと笑った。

「楽から聞いたのか。豆が嫌いだって」

「ううん。実は」

史遠はあの日食堂で、ふたりの話が聞こえていたのだと打ち明けた。

「盗み聞きするつもりはなかったんだけど」

「この間まで大好物だったんだ。それがあの日、仕事先のおじいちゃんに『豆腐は大豆という豆から作るんだ』と教わって――」

「『だましてたんだな！』って？」

左維は小さく頷き、苦笑交じりにグラスを呷った。

人参《にんじん》やピーマンではなく、楽は豆を嫌う。マーボー豆腐が好きだというのだから、味が嫌いなわけではないのだろう。楽が嫌いなのは豆そのもの、もっと言えば豆の存在を忌んでいるのだ。

その昔、京都の鞍馬《くらま》に鬼が出た時、その目に大豆を投げて退治したのが節分の始まりだという説がある。「豆」を「魔目」または「魔滅」と解釈したのだというが、楽がその話を知っているのかどうかはわからない。単に鬼の本能なのかもしれない。

「可愛いね。楽」

「あのやんちゃっぷりには、手を焼くけどな」

「でも、すごく優しい」

左維は夜風に揺れる庭の草花を見つめたまま、その頬をそっと緩めた。

「そうだな。可愛くて、優しい、最高の息子だ。みんな楽を連れていくと大喜びしてくれる。中には楽に会いたくて仕事を依頼してくる人もいる」

「そうだろうね」

「楽を連れていかないと、『なんだべー、今日は左維さんだけかい』」

「わかる気がする」

「どういう意味だ」

ふたり一緒に噴き出した。すっかり暗くなった庭では、スズムシやコオロギたちの合奏がたけなわだ。その音色はずっと聞いていたいほど美しく澄んでいて、史遠はうっとりと耳を傾けた。虫の声なんて聞いたのは何年ぶりだろう。

「あいつ、保育園に行っていないからな。じいちゃんばあちゃんと触れ合う時間は、結構大切なんだ」

「………」

史遠は返事に困った。診療所で壱呉は、楽を保育園に通わせていないことについて、やんわりと左維を非難していた。父子の素性を知らない者からすれば、当然のことだろう。

「不登園なの？」

「まあな。そんな感じだ」

四歳の春、楽は同い年の他の子供たちと一緒に町の保育園に入園した。半年も前から入園を心待ちにしていた楽は、左維に買ってもらった水色のスモックを着て黄色の幼稚園バッグを斜めに掛け、意気揚々と通い出した。ところがひと月も経《た》たないうちに、毎朝『おなかがいたい』と登園を渋るようになったという。

「保育園の先生が言うには、遊びの輪の中に上手《うま》く入っていけなかったらしいんだ」

「実は結構繊細そうだもんね、楽」

左維は「ああ見えてな」と頷いた。

「プライドだけは無駄に高いんだけどな。あいつ、俺になんて言ったと思う？」

『とうちゃん、保育園って、くだらないところだな。おゆうぎとかお歌とか、子供っぽい遊びばっかりで、ちっとも楽しくないや。オレ、とうちゃんの手伝いしていた方がだんぜん楽しい。社会勉強になる』

心配する左維に、楽はしゃあしゃあと言ってのけたという。

「社会勉強ときた。どこで覚えたのか、さすがに参ったよ」

「楽らしいね」

「あいつ的には、前向きな不登園らしい」

夜の縁側で大笑いしながら、しかし史遠にはそれが楽の本音ではないとわかっていた。

なぜなら先日、楽は史遠にこう尋ねた。

『史遠は子供の時、保育園に行ってたか？』

『行ってたよ』

『楽しかったか？』

『うーん。小さい頃のことだから忘れちゃった。楽は？』

『オレは……やめた』

『そうなの』

『あのな史遠、保育園っていうのは、ほんっとーに、つまんないところだぞ。毎日毎日「鬼ごっこ」と「かくれんぼ」ばっかりだ。「鬼だ！」「わーにげろ！」「鬼が来たぞ！」「わーかくれろ！」って、そればっかり。あんなの何が楽しいのか、オレはちっともわかんない。保育園の子供って、みんなバカなんだな、史遠』

史遠にはわかった。楽が嫌だったのはお遊戯やお歌の時間ではない。鬼が人を追いかける鬼ごっこや、鬼に見つからないように隠れるかくれんぼに、小さな心を痛めていたのだ。左維にすら本当のことを言えず、今もひっそりと癒《い》えない傷を抱えているのだろう。

おそらく楽は、自分が鬼であることを認識している。なぜなら時々洗面所の鏡に向かって自分の頭に生えている愛らしい一本角のシルエットを、両手でそっと確認しているからだ。楽がこそこそと洗面所に向かうのは、主に左維が仕事に出かけている昼間の時間だ。たとえ目に見えてはいなくても、万が一ということがある。人前でそれに触れるような仕草をすると、左維から言われているのだろう。

左維は大人だ。人前での発言や行動に、十分気を付けることができる。けれど楽は子供だ。まだまだ小さな小鬼だ。自分が鬼だという自覚はあっても、その現実を心の中で消化し、理性でコントロールすることは難しい。

自分が鬼だと史遠に気づかれてはいけない。わかっているのに、史遠と近づきたい一心から、左維にも話さなかった保育園での経験を打ち明けてしまった。史遠がもし「どうして鬼ごっこやかくれんぼが嫌いなの？」と尋ねたらどう答えるつもりだったのだろう。

そもそも史遠はこれまで、小鬼というものに出会ったことがなかった。大人の鬼はそれなりに見てきたが、若くてもせいぜい大学生で、高校生以下の鬼は楽が初めてだ。

男と女がいるように、この世界にはごく当たり前に鬼がいる。雑踏の中に、満員電車の中に、テレビ画面の中に、ごく普通に彼らは存在している。人の目にそうだとわからないだけで、鬼は人と同じように働き、食べて、寝て、一日を過ごしている。

鬼が見える史遠にとって、その光景は当たり前すぎた。

だから今まで、あまり深く考えたことがなかった。

彼らはいつ、どこからやってくるのだろう。

子供の鬼が存在するということは、老齢の鬼もいるだろう。鬼は人間の世界で生まれ、人間の世界で死んでいくのだろうか。だとしたら誰が鬼を生むのだろう。女の鬼に出会ったことはないけれど、史遠の知らないところに存在するのだろうか――。

「疲れたか」

左維の声に、史遠はハッと顔を上げた。

「まだ本調子じゃないのに、付き合わせて悪かったな」

考え事をしていただけなのに、左維は史遠の体調を気遣ってくれた。

「そんなことない。もうすっかり元通りだよ」

「無理をするな」

「無理なんかしてないよ」

「まだあちこち痛むだろう。あんな大怪我を――」

言いかけて、左維はしまったという顔をした。

「大怪我？」

確かにかなりの高さから転落したが、史遠はかすり傷ひとつ負っていなかったはずだ。

「あ、いや、大怪我をしてもおかしくないような落ち方だったから、さ」

左維は珍しくしどろもどろになり、庭のあちこちに視線をうろつかせた。

「そうだね。本当に迷惑をかけたと思っている。左維と楽と壱呉がいなかったら、今頃は太平洋でサメの餌《えさ》になっていたよ」

「迷惑だなんて思っていない」

「ありがとう。そう言ってもらえて――」

「本当に思っていない」

なぜか左維はムキになって反論してきた。

「左維……？」

「あぁ……つまりその、楽がすごく楽しそうだから」

ふたりで寝室の楽を振り返った。どんな楽しい夢を見ているのか、むにゃむにゃと口を動かす楽は可愛さの権化だ。

「僕も楽といると楽しい。それに、本当に無理なんかしてないよ。ほら」

史遠は縁側の上から、立ち幅跳びでもするように「えいっ」庭に勢いよく飛び降りた。

「お、おい、危な――うわっ」

左維が慌ててビアグラスをひっくり返す。いつにない慌てぶりが可笑しくて、史遠は思わず夜空を仰ぎ、「あははは」と声をたてて笑った。

四日目に庭に降りた時には、一分と立っていられなかった。けれど今夜はダンスでもできそうなほど身体に力が漲《みなぎ》っている。

「本当に不思議なんだよなあ」

裸足のまま、史遠は星の瞬《またた》く夜空に呟いた。

「あの川、幅はあるけどそんなに深くないだろ？　あの高さから落ちたら普通、水底にぶつかると思うんだ。でも僕は傷ひとつ負っていなかった」

盆に零《こぼ》れたビールを拭《ふ》く左維の手が止まった。

「だから運がよかったんだ。壱呉もそう言っていたろ」

「そうだね。本当に運がよかった。ただ――」

一番の不思議は、あの淫夢だ。

夢の中で左維のものを咥え、その精を飲み下した。そして左維の口でイかされた。

淫らで激しい吐精の感覚が、今も身体の隅々に残っている。

精を飲むまで、史遠は経験したことのない激しい痛みに苛《さいな》まれていた。身体がバラバラになるのではないかと思うほどの痛みだったのに、左維の精を飲み下した瞬間から、痛みが徐徐に引いていった。まるで麻酔をかけられたように。

「ただ、なんだ」

「ううん……なんでもない」

左維の顔を真《ま》っ直《す》ぐ見られず、史遠はまた夜空を仰いだ。頬が熱い。

「なんかさー、楽が寝ると、途端に静かになるよね」

「史遠」

「ん～？」

「よかったら、もう少しここにいないか」

突然の言葉に、史遠はゆっくりと左維を振り返る。

「もし急いで東京に帰らなくてもいいなら、もう少しここで養生していかないか」

「………………」

一日も早く東京に戻って就職活動をしなければいけないことはわかっている。養生はもう十分にさせてもらった。『天晴れ』は繁盛しているが、食い扶持《ぶち》がひとり増えればその分の生活費がかさむ。しかも左維は初日に約束した一万円すら受け取ってくれない。

「でも……」

「迷惑かけるとか、申し訳ないとか言うなよ」

「そうは言っても」

「楽のやつ、すっかりお前に懐いちまってるだろ。お前が帰るなんて言ったら、きっと『なんでだ！　なんで帰るんだ！』って大騒ぎになる。あいつは一旦《いったん》拗ねると、宥《なだ》めてもすかしても聞く耳を持たないからな。おそらく俺はしばらくの間、仕事にも出かけられず『天晴れ』はそれこそ倒産の危機に――」

「わかった。わかったから、左維」

もう笑うしかなかった。

「そんなに捲したてなくても、僕ももう少しここにいたいなと思っていたところだから」

「本当か？」

史遠が頷くと、左維は安堵したように微笑んだ。

笑顔の向こうにあの夜の湿った吐息が蘇り、突然鼓動が乱れた。

――なんで今思い出すかな。

早鐘のような心臓の音に、史遠は戸惑う。

「そ、その代わり、左維の仕事を手伝わせてほしい」

「仕事を？」

「何もしないで置いてもらうっていうのは、さすがにちょっと気が引ける。だから左維がひとりで出かける時は、僕が家で楽の面倒をみる。楽を連れて出る時は僕もお伴して、できる範囲で補佐をする。どうだろう」

「助手ってことか」

史遠の提案に、左維は少しの間思案していたが、やがて小さく頷いた。

「よろしく頼む。ビシビシいくから覚悟しろよ」

左維は意地悪そうな目で史遠を見つめ、唇の片側をニッと吊り上げた。

――うわ、なんか……ズルい。

美しい男は、どんな表情をしても美しい。

「お手柔らかにお願いします」

史遠はぎこちなく笑った。

あんな夢を見てしまったから変な意識をしてしまうのかもしれない。シャツの上からもわかる均整の取れた体軀、憎らしいほど長い手足、節くれだった長い指、そして照れ隠しのようにグラスに宛がわれた唇の赤まで。

――ダメだ。

あの後一度も触れていないけれど、自分の身体のことだからよくわかる。

あの夢で、史遠は目覚めた。今までほとんど感じたことのなかった性への欲求が、時折前触れもなくむくむくと首を擡《もた》げるようになってしまった。

「それじゃ、明日も早いし、寝るか」

「そ、そうだね」

「明日は草むしりだ。晴れるといいな」

「うん、本当にね」

他愛のない会話がこんなにも楽しい。楽しくて、なぜだか胸の奥が疼く。

明日、本当に晴れたらいいな。うきうきとした気分は、遠足の前日のようだった。


「トメさーん！　こんにちはーっ！　楽だよ！　楽が来ましたよーっ！」

よく通る楽の声に、屋敷の奥からとととととっ、と小刻みな足音が聞こえてきた。

「まあまあ、楽ちゃん、いらっしゃい。よく来てくれたね」

楽に『遠慮する子は可愛くない』と教えた、あのトメさんの家が今日の仕事先だった。

トメさんは和服姿の優しそうなおばあちゃんだった。顔や手に満遍なく刻まれた皺《しわ》から、八十歳は超えているだろうと思われるが、しゃんと伸ばした背筋とうっすら紅を引いた穏やかな口元から、品のよさがにじみ出ている。

左維によるとトメさんは、十年ほど前に夫に先立たれ、大きなこの屋敷でひとり暮らしをしている。持病こそないが寄る年波には勝てず「家具を動かしたい」「テレビが映らない」「蛇口から水がぽたぽた落ちる」と、しばしば『天晴れ』に依頼をよこす。

トメさんを訪ねる時、左維は必ず楽を連れていく。子供も孫もいないトメさんが、楽が来るのをいたく楽しみにしていることを知っているからだ。

「よく来てくれたねぇ、楽ちゃん。会いたかったよ」

「オレもトメさんに会いたかった。待ち遠しかった」

「嬉しいわ。またちょっと大きくなったんじゃないかい?」

「トメさんは、お変わりないね」

「まあ、楽ちゃんったら」

ふたりは愛し合う恋人のように、頬を摺《す》り寄せぎゅうぎゅうと抱き合った。いつもこんな風なのかと視線を送ると、横の左維は史遠の心を読んだように小さく頷いた。

「左維さん、今日はよろしくお願いしますね」

「こちらこそよろしくお願いします」

「そちらが新しく入った見習いさんかしら?」

左維から電話で聞いていたのだろう、その柔らかな眼差《まなざ》しが史遠を捉《とら》えた。

「初めまして。小原史遠と申します」

「あのねトメさん、史遠はまだ見習いなんだよ。大人なんだけど半人前なんだよ。だから失敗してもゆるしてやってね」

「わかってるわよ、楽ちゃん」

失敗する前提ですかと、史遠は半笑いで脱力する。

「さあさ、左維さんたちのお仕事が終わるまで、こっちでけん玉しましょう」

「トメさん、今日はお手玉で勝負する約束だったでしょ」

「あらま、そうだったかしら」

「もう、トメさんってば、忘れん坊だなあ」

いちゃいちゃと寄り添いながら奥の間に去っていくふたりの背中を、半ば唖然《あぜん》と見送っていると、左維にポンと背中を叩かれた。

「楽がお手玉に飽きるまでに終わらせよう」

「そうだね」

今日の依頼は草むしりだ。立派な日本家屋の南側に、落ち着いた趣の庭が広がっている。庭園というほどではないものの、しっとりと情緒のある庭だ。定期的に庭師に手入れを頼んでいるが、屋敷の裏手に当たる北側の部分だけは、毎年『天晴れ』に草むしりを依頼しているという。

日陰とはいえ結構な量の雑草が生えている。夏の初めに一度刈ったのだが、三カ月の間にまた伸びてしまったらしい。

「よし。やるぞーっ」

首にタオルを巻き、両手に軍手をはめると、俄然《がぜん》やる気が出てきた。

「ちゃんと根っこから抜けよ」

「わかってる」

「それから姿勢に気を付けろよ。時々背伸びをしないと腰にくるからな」

「了解」

黙々と続ける単純作業が、実は嫌いではない。アルバイト先のスーパーでも、ひたすら段ボール箱を運んだり、ひたすら商品を数えたり、ひたすらポップを貼って回ったりと、ひたすら系の仕事には定評があった。

雑草の根は頑固だったが、ズルリと抜ける感触がなかなかの快感で、史遠は夢中でむしり続けた。西側の壁に近い場所には、背の高い草がびっしりと生えていた。

——まとめていけるかな。

史遠は四、五本束ねると、足を踏ん張って引っ張った。

「うっ……」

なかなか抜けない。葉は枯れかかっているのに、根っこはまだ丈夫なようだ。

「くそ」

今さら一本ずつ抜くのも雑草に負けたようで癪《しゃく》に障る。

史遠は渾身《こんしん》の力で「えいっ」と引いた。

「うわっ」

草は抜けたが、反動でその場にどすんと尻餅をついてしまった。途端に背後から「あはは」という笑い声が近づいてきた。

「わーい、史遠が尻餅ついてるーっ」

振り向くと、真後ろで赤いお手玉を手にした楽が、けらけらと笑い転げていた。

「笑うなんてひどいなあ、楽。……痛てて」

「楽ちゃん、笑ったら悪いでしょ。史遠さん、大丈夫？」

トメさんが窘めても、楽の笑いは止まらない。

「だって史遠ったら、鈍くさいんだもん」

「言ったなあ」

ぴょんと立ち上がって「こいつめ」と追いかけるふりをすると、楽は「きゃはは」と声をたてて逃げ出した。

「待て、楽」

「こっこ、まって、おいでっ、あっかんべー」

「待て、こら待て！」

鬼ごっこは嫌いだと楽は言った。けれど〝鬼〟のいない、ただの追いかけっこは好きなのだ。遊びたい盛りの男の子なのだから、考えてみれば当たり前のことだ。

南側の庭まで逃げおおせたところで、楽が「わっ」と声を上げて急に足を止めた。

「どうしたの、楽」

「お手玉、飛んでっちゃった」

楽の手から、たった今まで握っていた赤いお手玉が消えていた。逃げるのに夢中で、手から飛び出してしまったらしい。

「どっちに飛んだ？」

「そっちの方」

楽が指さしたのは、いくつもの岩で囲まれた池の脇にある、ツゲの茂みあたりだった。

「オレ、探してくる」

走り出そうとする楽を、史遠が止めた。

「僕が探してくるから、ここで待ってて、楽」

池は浅いが、ごつごつとした岩に囲まれている。楽が躓《つまず》いて転んだりしたら大変だ。

「えーっと、このへんかなあ——あ、あった」

丸く刈られたツゲの根元に小さな赤いお手玉が転がっているのが見えた。着物の端切れでこしらえたと思しきそれは、楽の小さな手にぴったりのサイズだ。トメさんの愛情がにじみ出ているようで、史遠は口元を緩めながら手を伸ばした。

と、その時。土の上をカサッと何かが動く音がして、史遠は伸ばしかけていた手を引いた。

「史遠、あった〜？」

数メートル後ろで声がする。楽の足音ではないようだ。

「あったよ。ちょっと待ってて」

答えて耳を澄ますと、同じ場所からまたカサリと音がした。

落ち葉だろうか。しかし風は吹いていない。

「なんだろ」

史遠が首を傾げた瞬間だった。シュルシュルという聞いたことのない音とともに、ツゲの茂みから紐《ひも》のような細長い影が現れた。

「う……うわあああっ！」

史遠はさっきより数段派手に尻餅をついた。というより腰を抜かした。

目の前に現れたのは、見たこともない大きさの蛇だった。

先の割れた細長い舌をぺろぺろさせて、史遠の様子を窺っている。

「どうしたのー、史遠」

「へ、へへ、へへへっ」

「え？　なぁに？　どうしたの？」

「へへへ、へっ、へっ」

楽がとことこ走ってくる。来ちゃだめだと叫ぼうとしても、動転して言葉が出てこない。

「史遠、また尻餅ついて。そんなに尻餅が好きなのか？」

「ら、楽、こっち、来ちゃ……」

「さては史遠、トメさんに心配してもらいたくて——あ、蛇」

楽は蛇の姿にひとつも驚かなかった。それどころか何の躊躇《ちゅうちょ》もなく、小さな手で蛇の頭をぐいっと摑んで持ち上げた。

「ら、楽！」

信じられないことに、楽は蛇が怖くないらしい。しかし史遠は大方の人間がそうであるように蛇が大の苦手だ。動物園の檻《おり》の外から見ただけでも気持ちが悪くなる。しかもこんなに近くで向き合ったのは初めてだ。

「楽、嚙《か》まれたら、危ない」

「大丈夫。こいつ毒蛇じゃない。毒のあるやつは、違う模様だから」

「そ、そうなの」

「ここらには蛇がたくさんいるんだ。おっきいやつも、ちっこいやつも、赤いのも青いのも」

「へ、へえ」

今すぐ東京に帰るべきだろうか。

「こいつもでっかいけど、この前見つけたやつは、もっとも一っと、も——っと、でっか

かったぞ。こんくらい！」

楽が大きく腕を広げた途端、その手から蛇がはたりと地面に落ちた。シュルシュルという音をたてて史遠の方へ向かってくる。

「ひぃぃぃぃ！」

震える足で岩の上に飛び退《の》いたのは、本能だった。しかし史遠の若干ポンコツ気味な本能は、足場の悪い岩の上でバランスを崩すことまで予測できなかった。

「おっとっと、うわっ」

「わ、史遠！」

「史遠さん！」

「どうしたんだ」

そこにいた三人がそれぞれ叫ぶと同時に、史遠は派手な水しぶきを上げて池に転落した。

騒ぎに、左維が裏庭から顔を出した。

「とうちゃん大変、史遠がまた落ちた」

「なんだって？」

左維が血相を変えて駆け寄ってくる。しかし池の中でへたり込んでいる史遠を見るや、呆れたように足を止めた。

「落ちたって……池かよ」

「蛇に驚いて落っこちたんだよ。史遠は本当にぼんやりさんだな」

代わりに楽が答えた。

「でも大丈夫だよ、とうちゃん、今度はちゃんと足から落ちたから。ね、史遠」

「……うん、まあね」

照れ笑いをするしかない史遠に、左維は仕方なさそうに手を差し伸べた。

「怪我は？」

「平気。それよりトメさん、ごめんなさい。池の水が濁ってしまいました」

謝罪する史遠に、トメさんは鷹揚《おうよう》に笑った。

「いいのよ、気にしないで。どうせメダカの一匹もいない池なんだから。それよりそろそろお茶にしましょう」

「トメさん、今日のおやつはなあに？」

楽がトメさんの着物の袖をツンツン引っ張る。

「楽ちゃんの大好きなおはぎよ。たくさんこしらえたから、たくさん食べてちょうだいね」

「やったあ、おはぎ、おはぎ！」

楽が飛び跳ねる。

「さーさ、三人とも上がってちょうだい。史遠さんはお着替えもしないとね」

「いつもすみませんトメさん。それじゃ、お言葉に甘えます」

屋敷に向かって歩きながら、史遠は笑いを堪えるのに必死だった。

少し前を歩いていた左維が、気づいて振り返った。

「言うなよ、史遠」

先頭の楽に聞こえないように、史遠の耳元で左維が囁《ささや》いた。

「わかってる。楽の好物を減らしたら可哀想《かわいそう》だもんね」

おはぎのあんこが小豆だということは、楽にはもうしばらく秘密にしておくことにした。

ククッと左維が背中を震わせた。

「笑うなよ、左維。楽に気づかれる」

「笑ってない」

「今笑った」

「笑ってないって」

クスクス笑いながら左維が肩をぶつけてきた。負けずに史遠もぶつけ返す。

じゃれ合うような触れ合いに、なぜだろう心が躍った。甘酸っぱいようなこの気持ちは、懐かしさと似ている。この町に降り立った時と、とてもよく似た懐かしさだ。

小学校から大学まで、それなりに友達はいた。ふざけ合ったり笑い合ったりしたけれど、こんな気持ちになったことはなかった。

——不思議だな。この町も、左維も。

「どうした、史遠」

急に考え込んだ史遠の顔を、左維が横から覗き込む。

「何か考えごとか？」

「教えない」

「なんだよ。そう言われると気になるじゃないか」

「たいしたことじゃないよ」

今、すごく楽しいんだ。人生で一番くらいに楽しいんだ。

そんなこと、言えるわけがない。

「とうちゃん！　史遠！　早く来ないとおはぎ、オレが全部食べちゃうぞ！」

いつの間にか屋敷に上がり込んだ楽が、早く早くと手を振っている。

叫びながらその頬は、すでにおはぎで丸く膨らんでいた。

「あいつめ」

楽の食いしん坊ぶりに左維が苦笑する。

奥で笑顔のトメさんがお茶を入れているのが見えて、ふたりは揃《そろ》って足を速めた。

久しぶりにトメさんに会えてはしゃぎ過ぎたのか、その夜楽は早々に眠ってしまった。絵本を読んでやっていた史遠も、いつの間にかその横でうつらうつらしていた。

「……そうじゃない……あんたに言われる筋合いはない……」

縁側の方から左維の声がする。誰かと電話で話しているようだ。

「だから、あんたには関係な……ああ、その通りだ。何度もそう言ったろ」

あまり穏やかでない口ぶりに、眠りの淵《ふち》から意識が戻ってきた。

――誰と話してるんだろう。

「誰になんと言われようと、俺にはあいつしかいない。俺の心を動かせるのは、あいつだけだ。だからもう放っておいてくれ」

スマホが床に叩きつけられる音がする。障子越しに左維の荒いため息が聞こえた。

――あいつ、って……。

昼間肩をぶつけてきた時の、少年めいたそれとはまるで違う、どこか切なげな、深い悲しみを堪えるような声だった。おそらく「あいつ」は家族や友人ではない。

――恋人……かな。

楽にからかわれるまでもなく鈍い自覚はある。色恋に関しては特にそうだ。それでも左維が今、愛《いと》しい誰かのために心をざわめかせていることはわかった。

楽しいざわめきでは、決してないはずだ。

なぜなら「あいつ」は少なくとも今、左維の傍にいない。

――別れたけど、まだ好きな人なのかな。

さっきまでのうきうきした気持ちが、すーっと冷めていくのを感じた。「あいつ」とは、楽の母親のことだろうか。女の鬼を見たことはないが、楽に会うまで小鬼を知らなかったのと同じように、史遠の知らないどこかに存在しているのだろうか。

——僕は鬼のこと、何も知らない。

幼い頃から彼らを見てきたけれど、深く関わったことは一度もなかった。鬼の何たるかを知ろうとすれば、まず自分が「鬼が見える」人間だということを打ち明けなければならない。だからずっと避けてきた。興味を持たないように努めてきた。

——でも……。

障子が静かに開く。忍ばせた左維の足音に、史遠は目を閉じた。

「っとに寝相が悪いな、お前は」

優しい父親の声に戻っていて、わけもなくホッとする。

半分飛び出した楽を布団の中に戻した後、左維は史遠の掛布団を直してくれた。

——左維……。

左維が部屋を出ていく。

雪見窓からそっと覗くと、左維は縁側に腰かけ、夜風に揺れる草花を見つめていた。

ただじっと、身じろぎもせず。

その表情は見えないが、あの日史遠を軽々と背負った逞しい背中が「寂しい」「悲しい」

と泣いているような気がしてならなかった。

トメさんの屋敷の草むしりから一週間が経ったその日、左維は朝から仕事で隣町に出かけていた。近隣の仕事にはもれなく同行し、助手としての腕を磨いていた史遠だったが、この日は往復に四時間近くかかるため、楽とふたりで留守番をすることになった。

「おい、そっちは異状ないか？」

「現在のところ異状ありません」

「油断するなよ」

手首に輪ゴムで巻き付けた段ボール製の通信機に「了解」と告げると、木の上から楽が「ちがあう！」と叫んだ。

「何回言ったらわかるの、史遠。了解じゃなくて、らじゃあ、だよ」

「ああ、ごめんごめん。ラジャー」

「まったくもう」

楽がぷんすか怒りながら木から下りてきた。

その腰に巻かれているのは、これもまた段ボール製の変身ベルトだ。ベルトも通信機も楽が最近嵌《はま》っている変身ヒーローが身に着けているものを模して、史遠がこしらえてやったものだ。午前いっぱいかかった力作に楽はいたく喜び、昼食を済ますや近所の空き地でヒーローごっこをすることになった。

もちろん主役のヒーローは楽で、史遠は彼を助ける秘密組織の隊員だ。

「あっちの方が怪しいな。行ってみよう」

「ラジャー」

空き地の隅の草藪《くさやぶ》に分け入る楽に、史遠も続いた。

公園と違い、仕切りや柵《さく》があるわけではない。草むらはそのまま奥の竹林へと続いている。

「楽、あんまり奥に入らない方がいいよ」

史遠は腰を屈め、頭の上の蜘蛛の巣を手で払いながら、目の前の可愛いお尻を突《つつ》いた。

「楽じゃない。レオン」

変身前の主人公に成りきっている楽は、聞く耳を持たない。

興奮気味なのだろう、史遠の背丈より高い雑草をかき分け、奥へ奥へと進んでいく。

「楽……レオン。こっちは異状なさそうだ。さっきの場所に戻ろう」

「怖いならひとりで帰れ。オレは正義のためにに闘わなくてはならないんだっ」

口調までレオンそのものだ。史遠は仕方なく楽の後ろに付いて歩いた。

竹林が近づいて来た時、「あっ」という小さな悲鳴を上げ、楽が蹲《うずくま》った。

「楽、どうしたの！」

「痛い……」

「痛い？　どこが？」

「足……」

急いでズボンの裾を捲った史遠は、思わず息を呑んだ。楽の細い足首に赤い点がふたつ並んでいる。点はみるみる大きくなっていき、楽の白い靴下に真っ赤な染みを作った。

「くそっ」

蛇に嚙まれたのだ。史遠は、蹲る楽の身体を素早く抱き上げた。

――ここから出なきゃ。

今来た道を急いで戻ろうとすると、そこには見たこともない大きさの蛇が、不気味に鎌首を擡げて立ちはだかっていた。トメさんのところで見た蛇よりひと回りもふた回りも大きく、ふたつに先の割れた赤い舌がちろちろと蠢《うごめ》いている。

『毒のある蛇はすぐにわかる。全身を四角い黒斑《こくはん》が覆っているんだ。身体の前部は少し赤味がかっていて、首筋のあたりは黄色い』

おはぎをご馳走《ちそう》になりながら、左維がそう教えてくれた。

今史遠が対峙《たいじ》しているのは、まさにその通りの蛇だった。

――毒蛇……。

こみ上げてきたのはしかし、恐怖ではなく怒りだった。楽を噛むなんて、許せない。

「楽、しっかり掴まってろよ！」

史遠は片手で楽を背中に回すと、もう一方の手で近くに落ちていた木の枝を拾い上げた。

毒蛇がじりじりと近づいてくる。怯《ひる》んだ途端に飛びかかってきそうな気がして、史遠はこれ以上ない力で蛇の目を睨《にら》みつけた。

「さあ、かかって来い！　死にたいならな！」

腹の底から叫ぶと、毒蛇の動きが止まった。探るように、じっとこちらを見ている。

「楽を噛んで、ただで済むと思うなよ！」

そう叫んで、史遠が木の枝を頭上に振り上げた瞬間、蛇は好戦的に擡《もた》げていた鎌首を地面に下ろし、シュルシュルと草の茂みにその姿を消した。

「や、やった……」

足から力が抜けそうになったが、へたり込んでいる場合ではない。

「痛い……痛いよぉ……うぅ……」

背中で楽が泣き出した。転んでちょっと擦りむいたくらいでは泣かないやんちゃ坊主の楽が、苦しげな声で泣いている。

「大丈夫だからな。楽」

「痛い……ひっく……死んじゃうよぉ……」

「大丈夫。絶対に死なないから」

楽を励ましながら、史遠は全力で空き地まで駆け戻った。

空き地にひとつだけ設えてあった古い木のベンチに、楽を寝かせた。最初はただの赤い点だった傷口は、数分の間に熱を持って大きく腫《は》れ上がっていた。毒が回り始めているのか楽の呼吸が浅く早くなっている。事態は深刻だ。一刻の猶予もない。

左維と離れる時だけ、楽は連絡用に子供用携帯電話を持たされている。史遠は楽のポケットから携帯を取り出すと一一九番に通報し、続けて左維に連絡をした。ところが仕事中らしく繋がらない。壱呉の電話番号を聞いておけばよかったと舌打ちする。

「楽、今救急車が来るからな。がんばれよ」

小さな頭がかすかに頷いた。傷の腫れはますますひどくなってきている。

「……史遠……痛い……」

「楽、大丈夫だからな。ヒーローにピンチはつきものだ。平和を守るんだろ」

「…………」

返事をする力もなくなってしまったのか、楽は「はぁ、はぁ」と苦しげな呼吸を繰り返す。

——救急車、遅いな。

もしかすると夕霧町には、救急車の待機場所がないのかもしれない。

「くそっ！」

歯噛みする思いで立ち上がった時だ。耳元でふと誰かの声がした。

（毒消し草）

「え……誰？」

耳元で囁かれたような気がしてあたりを見回したが、誰もいない。

（毒蛇の毒には、毒消し草）

また声がする。

「毒消し草？　そんな草、知らな――」

しかし次の瞬間、史遠の脳裏に、青々と茂るヨモギのような葉が浮かんだ。

――知ってる……僕は、この草を知っている。

「どうして……」

自分の身に何が起こっているのか理解できないまま、史遠はひどく混乱した。見たことも聞いたこともないはずなのに、浮かんだ映像はまるで昨日見てきたようにリアルだ。

楽の呼吸が弱くなっている。救急車のサイレンはまだ聞こえてこない。

「楽、ちょっと待ってろよ」

史遠はひとり草藪へ入った。まだあの毒蛇が近くにいるかもしれない。けれど史遠は躊躇しなかった。噛むなら噛めばいい。楽が死んでしまうより怖いことなど、ない。

「あった！」

十メートルも入らない場所に、毒消し草が群生していた。

史遠は無我夢中で草を引き抜き、楽の元へ駆け戻った。

——よかった。これで楽は助かる。

不思議なくらい強烈に、史遠は確信した。


「それでね、史遠が、木の枝を手に持って、こうやって、こうやって」

「楽、箸《はし》を振り回すんじゃない」

左維に窘められても、楽の興奮は収まらない。

「だってホントにすごかったんだから。『楽を噛んで、ただで済むと思うなよ！』って史遠が叫んだらね、毒蛇のやつ、しゅるるる〜って、逃げていったんだ」

夕食のテーブルを囲みながら、楽はさっきから何度も同じ話を繰り返している。

「とうちゃんだってあれを見たら、史遠がただの鈍くさい尻餅王子じゃないってことがわかるよ」

「誰が尻餅王子だって？」

ご飯で膨らんだリスのような頬を指でツンと突くと、楽は「えへへ」と眦を下げた。

毒消し草の効果は絶大だった。

集めた葉を手のひらで揉み潰《つぶ》すと、たくさんの汁が滲《にじ》み出してきた。史遠はそれを楽の傷口に塗った。すると一分もしないうちに楽の顔色がよくなり、呼吸も穏やかになった。要請から十五分後に救急車が到着した時には、楽はベンチに腰掛けて話ができるまでに回復していた。病院に搬送する必要はないと判断し、救急隊は帰っていった。

家に戻ってヒーローごっこの続きをしていると左維が戻ってきた。仕事用のワンボックスカーから血相を変えて飛び降りてきた左維だったが、楽が『とうちゃん、お帰りっ！』といつもの元気で飛びつくと、険しかったその瞳に安堵の表情を浮かべた。

『僕が一緒にいたのにこんなことになってしまって……本当に申し訳ない』

項垂《うなだ》れる史遠を、左維は少しも責めなかった。それどころか『お前がいてくれなかったら楽はどうなっていたかわからない。ありがとな』と肩を叩いてくれた。その優しさに涙が零れそうになった。

驚いたことに、楽の足首の噛み痕《あと》は跡形もなく消えていた。どこを噛まれたのか確認しようとした左維が、場所を特定できなかったくらいだ。毒消し草の効力に、史遠は空恐ろしいものを感じた。

「史遠はオレのヒーローだからな。ずっとずーっと、いたいだけこの家にいてもいいぞ」

「ありがとう」

「それから、明日は史遠にレオンやらせてやる」

「それは嬉しいな」

史遠は楽のほっぺに付いたご飯粒を、摘《つま》み取ってやった。

「でもいっぺんだけだからな。あと、変身ポーズ教えてやる。ちょっとむつかしいんだ。こうやって、こうやって、こう――」

「楽、ご飯食べ終わらないうちに立ち上がるなと言ってるだろ。言うこと聞かないと史遠が作ってくれた変身ベルト、取り上げるぞ」

「え、ダメ！」

楽は背筋をしゃんと伸ばし、真面目な顔でご飯を食べ始めた。

楽の横顔を見つめる左維の視線が、いつにも増して優しい。

――よかった。本当によかった。

楽に万が一のことがあったら、左維は想像を絶する悲しみに襲われるだろう。史遠だって悲しいけれど、左維はその何倍も何十倍も悲しみ苦しむ。

楽にはいつも笑顔でいてほしい。左維の悲しむ顔を見たくない。

いつの間にかふたりは、史遠にとってかけがえのない存在になっていた。

食事が終わるや、楽にせがまれて一緒に風呂に入ることになった。

「オレ、大人になったらとうちゃんみたいな、男らしい男になる予定なんだ」

シャンプーハットを被《かぶ》った楽が言った。柔らかな髪をシャンプーの泡で洗いながら、史遠は思わず微笑んだ。

「左維は男らしいもんね」

「史遠もそう思うだろ？」

「思うよ」

「オレのとうちゃん、かっこいいだろ？」

史遠は返答に困った。確かにかっこいいけれど、楽が言うのと史遠が言うのとでは、少し意味が違ってくるような気がする。

「ねえ、かっこいいだろ？　史遠もそう思うだろ？」

楽の声が風呂場に響く。左維にも聞こえているかもしれない。

「そうだね……かっこいいよね、すごく」

ちょっと照れながら小声で答えたのと同時に、扉の向こうから左維の声がした。

「史遠、バスタオルここに置くぞ」

——うわ、そこにいたんだ。

「あ、うん……ありがとう」

地味にドキドキしていると、楽が頭の泡で遊びながら余計な報告をした。

「あのねとうちゃん、史遠がとうちゃんのこと、かっこいいって！」

「楽！」

慌てて楽の口を塞ごうとしたが、生憎《あいにく》両手は泡だらけだった。

「すごくかっこよくて、男らしいって。よかったね、とうちゃん」

「楽、泡流すぞ！」

これ以上しゃべられたらたまらない。

史遠は有無を言わさず楽の頭にシャワーの湯を掛けた。

「わあ、待ってよ、史遠」

「待たない」

「急にかけるなんてズルい。反則だぞ」

「ズルくない。ちゃんと目ぇ瞑《つむ》って」

「わ、わ、泡が目に入るぅ！」

「だからちゃんと目を瞑って」

「とうちゃん助けてぇ」

子供を風呂に入れるのは結構体力を使うのだと、この夜史遠は知った。

楽を先に上げ、自分の身体をようやく洗い終えると、ゆるゆると眠気が襲ってきた。今頃になって昼間の疲れが出てきたらしい。

部屋に戻ろうとすると、いつもの縁側に左維がいた。寝る前のひと時を縁側で過ごす。それが左維の一日の終わり方らしい。今夜は傍らに酒がないが、いつものように真っ直ぐに、庭で揺れる草花を見ていた。

「左維、おやすみ」

声をかけると、左維がおもむろに振り向いた。

「史遠、今日はありがとうな。疲れただろ」

「大丈夫だよ」

「あの蛇の毒は、マムシの十倍以上の強さなんだ。救急車が来るのを待っていたら、楽は助からなかったかもしれない。お前のおかげだ」

「そんなこと」

首を振りながら、素直な感謝の言葉に胸の奥が疼いた。

「蛇、苦手なんだろ？　しかも毒蛇だった」

「楽を助けたい一心だったから。火事場の馬鹿力っていうのかな」

「楽じゃないけど、お前は本物のヒーローだよ」

冗談みたいに言った後、左維は何かを思い出したようにふっと口元を緩めた。

「どうしたの」

「いや、なんでもない」

「思い出し笑いって、エッチな証拠なんだってさ」

「なんだよそれ」

左維は笑って、「昔、お前とよく似たやつがいたんだ」と言った。

「頼りないくらい華奢なのに、意外とタフでさ。だけど大体いつもぽやーんとしているんだ。桜の花吹雪に見惚《みと》れて、崖《がけ》から落ちそうになったこともあった」

史遠は「他人とは思えないな」と笑った。

「怖がりのくせに、追いつめられると変な勇気が湧いてくるらしくて、突如として勇敢になって周りを驚かせていた」

「左維もびっくりさせられたの？　その人に」

「一度、熊を退散させたことがあった」

「熊？」

「ああ。山道をふたりで散歩していた時、運悪く熊に遭遇しちまったんだ。結構な大きさの熊で、俺たちはゆっくり後ずさる以外なかった。完全にエサ認定されたらしくて、熊は唸りながらよだれを垂らして近づいてくる。徐々に距離が縮まってきて」

想像しただけでチビリそうだった。

「万事休すかと思った時、あいつが突然道端に転がっていた丸太を抱え上げて、熊に投げつけたんだ。こんなでっかいやつ」

左維は両手を広げてみせた。

「ウエイトリフティングみたいに頭の上まで持ち上げて、『うおりゃあっ！』って」

「あ、当たったの？」

「当たらなかった。けど熊のやつ、あまりのことに戦意を喪失したみたいで、山の奥へ逃げていった。あいつ、熊の姿が見えなくなってから、へなへなと腰を抜かしてさ。まったく勇敢なのかへなちょこなのかさっぱりわからなかった」

懐かしく思い出しているのだろう、左維の瞳には穏やかな、けれどどこか寂しげな色が浮かんでいた。

——あいつ……。

すぐにわかった。熊に丸太を投げつけた「あいつ」は昨夜誰かと電話で話していた「あいつ」だ。よく似たやつが「いた」と左維は言った。今はもう会うことはないのかもしれない。どれくらい昔の話なのだろう。どうして「あいつ」は今、左維の傍にいないのだろう。

気づけば史遠の頭の中は、彼なのかも彼女なのかもわからない「あいつ」のことでいっぱいになっていた。

「史遠。ひとつ、聞いてもいいか」

振り向いた左維の目は、もう思い出に浸ってはいなかった。

「お前、あの草のこと、どこで知ったんだ」

「あの草……ああ、楽の傷に塗った草のこと?」

左維は「そうだ」と頷いた。

「あの草の名前を、知っているか」

「うん。毒消し草だよね」

左維の顔色がさっと変わったのが、夜目にもはっきりとわかった。

「誰に教わった」

「……え」

「毒消し草の効能を、いつ誰から聞いた」

まるで問い詰めるような口調だった。

「誰からって……そんなに珍しい草なの？」

「珍しいというか……」

左維が言い淀《よど》む。

「あれは、誰にでも効くわけじゃないんだ。楽にはたまたま効いたけど」

「あ……」

——しまった。

史遠は激しく動揺した。左維は言葉を濁したが、察するに毒消し草は人間には効かないのだ。鬼にだけ効く特効薬だったのだ。鬼たちの間ではよく知られているが、おそらくそれを知っている人間はいないのだろう。

そうとは知らず、史遠は楽に毒消し草を与えてしまった。

誰かに囁かれ、何かに導かれるように。

――どうしよう。

左維は今、自分たちの正体を史遠が知っているのではないかと疑っているのだ。

手のひらが汗でじっとりと湿る。

「こ、子供の頃、実家の近所のおじいちゃんに教わったんだ」

史遠は思いつくまま、嘘を並べた。

「近所のおじいちゃん？」

「うん。確か畑仕事の最中に蛇に噛まれたか蜂《はち》に刺されたかして、その時草むらからむしってきた草の汁を傷口に塗っていたんだ。不思議に思った僕が『その草は何ていうの？』って聞いたら『これは毒消し草っていうんだよ』って」

「その人が教えてくれたのか」

「小さい頃のことだからうろ覚えだけどね」

全部でたらめだ。史遠の実家は東京の真ん中で、周りはビルやマンションばかりで畑などどこにもない。

「本当に効くのか半信半疑だったけど、他に何も思いつかなかったから。楽には効いたみたいで本当によかった」

咄嗟《とっさ》の作り話を、左維は信じてくれた。

「そうだな。変なこと聞いて悪かった」

ちょっとバツが悪そうに頭を掻《か》く左維に、胸がチクリと痛んだ。

今夜は満月だろうか。月の明かりに、左維の頭部の二本の角がくっきり浮かび上がる。

史遠は俯き、そっと目を伏せた。

見間違いや勘違いだったらどんなによかったろうと思う。しかし人にはないものが、左維にも楽にも生えているのだ。彼らは間違いなく鬼なのだ。

鬼であっても左維は左維。楽は楽だ。恐ろしくなどない。異形の象徴のような角も鋭い牙も、彼らの身体の一部だと思えば怖くない。ただ自分の特殊な体質を、ふたりに知られてはいけない。知られた瞬間に訪れるのは「別離」。あるいは「死」だ。

それは予感などという朧《おぼろ》で曖昧《あいまい》なものではない。これ以上ないほど強く激しく、本能が訴えているのだ。

「とうちゃ……」

障子の向こうで、楽がもぞもぞと寝返りを打った。

「また飛び出している」

左維は苦笑しながら立ち上がり、楽の布団を直してやる。その穏やかで優しい瞳に、史遠はわけもなく泣きたくなった。

「楽と俺は、血が繋がっていないんだ」

縁側に戻ってきた左維が不意に打ち明けた。

「……え」

「本当の親子じゃないんだ。五年前、生後間もない楽を、俺が拾った」

突然の告白に、史遠は一瞬返答に詰まる。

親子で暮らす鬼に出会ったのは左維と楽が初めてだったが、心のどこかで最初から「もしかするとふたりは本当の親子ではないのかもしれない」と感じていた。

「そのうち話そうと思ってたんだけど、なかなか言い出せなくて。ごめん」

左維は、史遠が言葉を失うほど驚いたのだと勘違いしたらしい。

「楽は、そのことを知ってるの？」

「いや。もう少し大きくなって、理解できるようになったら話そうと思っている」

史遠は「……そう」と小さく頷いた。

自分が拾われた子供だったと知った時、楽はひどいショックを受けるに違いない。告げる左維の辛《つら》さも想像するに余りある。史遠の胸は軋《きし》んだ。

「でもほら、生みの親より育ての親って言うだろ。左維と楽はどこから見てもちゃんと〝親子〟してるよ」

お世辞ではなく、左維は本当にいい父親だと思う。

「だといいんだけどな」

「あんなにいい子に育ってるじゃない。左維の愛情がちゃんと伝わっている証拠だよ。楽、オレのとうちゃんは、なんでもできるすごいとうちゃんだって、いつも言ってる」

「何でも屋だからな」

「左維のこと、すごく尊敬しているんだよ。大好きなんだよ。誰より強くて、格好よくて、優しくて――」

大きく見開かれていく左維の目に、史遠はハッと言葉を切った。

まるで今の自分の気持ちを告白しているみたいだ。

「ら、楽の話だからね。楽がそう思っているんじゃないかって」

「わかってる」

勘違いされまいと必死に言い訳すると、強張《こわば》り気味だった左維の表情が、解けるようにはらりと緩んだ。優しい瞳が、史遠を見つめる。

「でも史遠がそう言ってくれると嬉しいよ。ありがとう」

そんなふうに言われると、余計にどうしていいのかわからなくなる。

頬が熱い。酒も飲んでいないのに。

「ちょっと自信出てきた」

「自信なかったの？」

「あるわけないだろ。子供育てるのなんて、初めてなんだから」

日々の仕事を熟《こな》しながら、男手ひとつで血の繋がらない息子を育てている左維。就職すらままならない状態でふらふらと気まぐれな旅に出てしまった史遠には、計り知れない苦労や悩みがあるに違いない。

「いつだって不安さ」

「……そうだよね」

病気になれば心配もするだろう。元気すぎて今日みたいなこともある。愛していればこそ時には厳しいことも言わなければならない。泣くことしかできない赤ん坊を一人前の大人に育て上げる大変さは、人も鬼も同じだ。

左維と楽は初めからふたりきりだった。つまり左維の言う「あいつ」は、楽の母親ではなかったのだ。その事実に心の片隅でちょっぴり安堵してしまう。史遠は生まれて初めて自分を嫌なやつだと思った。

「楽のやつ、この間なんて言ったと思う？　『史遠が来てから、うちも普通の家族みたいだな、とうちゃん』だと」

「家族……」

家族の形にもいろいろある。普通の基準はその人によって違うだろう。

けれどどこの時史遠の脳裏に浮かんだのは、左維と自分が楽を真ん中にして川の字に寝ている絵だった。愛息を挟んで眠る、幸せいっぱいな夫婦のような光景に、我知らず赤面した。

——僕は一体何を考えてるんだ。

史遠は勢いよく立ち上がった。と、次の瞬間、縁側の縁で足を滑らせた。

「うわっ」

「おっ、と」

庭に落ちかかった史遠の身体を、すんでのところで左維が抱き止めてくれた。

「セーフ」

「あ……ありがとう」

「大丈夫か」

見上げた左維の顔は、鼻の頭が触れそうなほど近くにあった。その瞳が心なしかいつもより熱っぽく見えて、史遠の鼓動は跳ね上がる。

「ったく危ねえなぁ。壱呉じゃないけどお前は本当にぼんやり病だ。また怪我でもしたらどうするんだ」

「ごめんごめん」

「今度どっかから落ちそうになっても、助けてやらないからな」

背中と腰を支える逞しい筋肉や長い指の感触がやけに生々しい。文句を言われているはずなのに、低く不機嫌なその声を「甘い」と感じてしまう。

あんな夢を見たからだ。だから変に意識してしまうのだ。

縁側から落ちかけたのを抱きとめただけでドキドキされたら、左維はいい迷惑だろう。

「気をつけるよ」

笑顔で立ち上がろうとすると、また誰かの声がした。

（そんなこと言っても、結局助けてくれるんだ、左維は）

「え……」

昼間、（毒消し草）と囁いたのと同じ、若い男の声だ。

――まただ。

（左維の意地悪は、いつも口だけだ）

昼間より声色が明るい。はにかむ顔が目に浮かびそうなほど嬉しそうで、少し照れたようなその声に、聞き覚えはなかった。

――幻聴だろうか。

そんなはずはない。毒消し草は現実に存在した。史遠の記憶になかった草の名前やその効能までを、あのタイミングで知らせてくれるなんて、そんな都合のいい幻聴があるはずない。

「どうした。やっぱりどこか打ったのか」

「……ううん、大丈夫だよ」

心配そうな左維の顔を真っ直ぐ見られない。乱れる心臓の音に気づかれてしまいそうだ。

史遠は左維の腕から逃れるように立ち上がった。

「そろそろ寝るね。明日も早いし」

「そうだな。俺も寝るよ」

「おやすみ、左維」

「おう。おやすみ」

（おやすみ、左維）

――また……。

じゃ、と左維が手を上げる。声は左維の耳には届いていないのだ。

声の主は左維を知っているらしい。テレパシーでも使って史遠の脳に声を飛ばしているのだろうか。それとも頭がどうかしてしまったのだろうか。

「史遠」

廊下の端で、左維が振り返った。

「何？」

「史遠って、いい名前だな」

「え？」

「おやすみ」

返事も待たず、左維はすたすたと行ってしまった。

「左維……」

もしかして照れていたのだろうか。

「まさかね」

左維が照れる理由がない。
（シオン）
また声がする。嬉しそうに響くその声に、史遠はたまらず耳を塞いでしゃがみこんだ。

「誰なんだ……っ！」

知り合って間もない左維と史遠、両方の名前を知っている者は、楽、壱呉、トメさんくらいしかいない。しかしこの声は、三人の誰のものとも違う。

やはり川に落ちた時に頭を打ったのかもしれない。それとも気づかないうちに、奇病に侵されてしまったのか。

（シオンっていうんだ）

「やめろ……」

頭痛のように声が響く。史遠はしばらくその場から動くことができなかった。


夜半、また夢を見た。

史遠の身体にのしかかり、あちこちに貪《むさぼ》るようなキスをしているのは、左維。

ぎゅっと目を閉じ、史遠はひどく興奮していた。

『あぁぁ……左維……』

『どこがいいんだ？　史遠』
『胸……』
『胸のどこ？』
『乳首……吸って』
夢だとわかっているから大胆になれた。
リクエストに応えるように、左維が右の乳首に吸い付く。
『あぁ……あっ、すご……い』
左の乳首を指で摘まれ、潰しながら転がされ、思わずびくんと身体が跳ねた。
『や、あぁっ』
『もうコリコリしてきた』
『だって、気持ち……いい、から』
卑猥《ひわい》な指摘に煽《あお》られ、史遠はまた昂《たかぶ》っていく。
もうすっかり形を成しているであろう下半身を、左維の腹にはしたなく擦りつけた。
気づいた左維は、意地悪をするように身体を浮かせてしまう。
『何してるんだ』
『………』
『いやらしいな』

からかう声にさえ感じてしまう。

『目を開けろよ、史遠』

史遠はふるふると頭を振った。目を開けた途端、夢から覚めてしまいそうな気がするから。

『わがままだな』

ちっとも怒ってなどいない声で左維が囁く。どんなにわがままを言っても甘えても、きっと左維は許してくれる。理由はわからないけれど、そう思えた。

『触って……左維』

左維の手を、すでに余裕のなくなった中心に導いた。

『すごいな。はちきれそうだ』

クスッと笑い、左維は史遠の細い身体を力いっぱい抱きしめた。

『俺もあんまり余裕ない』

『えっ――あっ』

太腿《ふともも》の付け根に押し付けられた硬くて熱いものが、左維の欲望だと気づき、史遠は耳朶《みみたぶ》まで赤く染まる。左維が自分を欲しがってくれていることが、泣きたいくらい嬉しかった。

『挿れるよ』

史遠は頷いた。セックスの経験などないくせに、何の躊躇《ためら》いもなかった。

『左維が欲しい……早く』

『史遠……』

性急な手つきで史遠の両足を開き、左維が入ってくる。

『あ、ひっ、あっ！』

左維の欲望が、ぐぐっと一気に奥まで史遠を貫く。

『あぁぁ……』

恐ろしいほどの快感と苦痛が同時に史遠を襲う。

『左維……左維っ』

目の前の身体に縋った。汗ばんだ胸板から、左維の匂いがする。

『史遠の中……すごく、熱い』

左維の声が濡れている。

『左維も……熱い……あ、あぁぁ……』

ぬるぬると内壁を擦り上げられるたび、身体の奥がどろりと蕩《とろ》けていくような錯覚に陥る。

『左維……ああ、左維……』

速まっていく抽挿に、史遠はその身を預けた。

がくがくと激しく揺さぶられ、貫かれ、史遠は高まっていく。

『左維……っ、あっ、もう……イき、そ……』

『イけよ、史遠』

『あっ、んっ……ああ、あ――っ！』

「う……わあっ」

吐精の途中で跳ね起きた。

「あ……ぁぁ……」

強烈すぎる快感が、夢と現実の境を曖昧にしていた。

ドクドクと激しく精を吐き出した後、史遠はゆっくりと目を開けた。

「左維……」

そこに今しがたまで自分を貫いていた男の姿はなかった。

――また見てしまった。

あの日、診療所のベッドで見たのと同じ、淫らな夢だ。

いや同じではない。あろうことか今夜は、左維に後孔を貫かれながら達した。夢の中のことはいえ、あまりにリアルな感覚に、布団の上で史遠は呆然《ぼうぜん》とする。まるで本当に射精したみたいで……。

――まさか。

史遠は慌てて下着の中に手を入れた。

「あっ……」

やってしまった。あからさまな痕跡《こんせき》に史遠は頭を抱えた。

久しぶりに夢精をしてしまった。左維に抱かれる夢を見て。

情けなさと罪悪感に目眩《めまい》がした。深夜の風呂場で粗相の始末をしながら、史遠は何度となくため息をついた。

淡い恋の経験すらないまま二十六歳になってしまった史遠は、身体も心も童貞だ。出会いがしらにあんな淫らな夢を見てしまったのだから、左維を意識してしまうのは仕方のないことなのかもしれないが、それにしても今夜の夢は一線を越えている気がする。

——いくら何でもセックスするなんて……。

夢の中で史遠は、本能の赴くままに左維を求めていた。初めてなどではなく、まるで何度もそこに左維を迎え入れたことがあるみたいだった。

夢の中の史遠は、貫かれる喜びを知っていた。好きな男に抱かれる幸せを知っていた。

「好きな男……って」

史遠はふるっと頭を振った。

「ただの夢。夢だから」

誰に言い聞かせるともなく、薄暗い風呂場で小さく呟いた。

その日左維はまた隣町まで仕事に出かけた。史遠はいつものように楽と留守番をしていた。

朝からしとしとと秋雨がそぼ降っていて、ふたりでテルテル坊主作りに勤《いそ》しんでいた。

店の呼び鈴が鳴ったのは、午後の遅い時間だった。

「何でも屋っていうのは、本当に何でもしてくれるんですか？」

カウンターでそう尋ねた客は、この町には珍しい若い男だった。史遠や左維と同じ二十代の後半だろうか。恥ずかしそうに顔を俯けたままチラチラと史遠の顔を見上げている。

「どういったご依頼でしょうか」

「あの……店長さんは？」

史遠の問いには答えず、男はカウンターの奥にある居間の方に視線をやった。

「すみません。店長はあいにく留守にしておりますが、お受けできるかどうかすぐに電話で確認できます。どのようなご依頼でしょう」

にこやかに応答する史遠に、男は小声で答えた。

「たとえば一日、話し相手になって欲しいっていうのは……」

「話し相手、ですか」

「変ですかね」

「いえ、そんなことは」

時々身寄りのないお年寄りから「茶飲み相手」の依頼があることは左維から聞いている。

「実はおれ、先月この町に越してきたばかりで知り合いがいないんです。初めてのひとり暮らしでただでさえ不安なのに、周りはお年寄りばかりでしょ。気晴らししようにもコンビニもゲーセンもなくて……なんだか気が滅入っちゃって」

「あー、なるほど」

恥ずかしそうに打ち明ける男に、史遠は心から同情した。

史遠自身も、大学入学を機に祖父母の家を出た。「ただいま」「お帰り」という当たり前の声が聞こえない暮らしは、想像していたよりずっと寂しいものだった。増してや同じ年頃の若者がほとんどいないのだから、その孤独は想像に難くない。

依頼を受けるか断るか、明確な基準はない。しかし犯罪に関わるものでない限り、できるだけ受けるようにしているのだと左維は言っていた。

——勝手に引き受けていいのかな。

想定外の依頼に戸惑っていると、男はゆっくりと顔を上げ、にっこりと笑った。

「依頼するのが無理なら、きみに個人的にお願いしようかな」

「僕にですか？」

男は初めて顔を上げ、にっこりと頷いた。

「きみ、いくつ？」

「二十六です」

「え、マジ？　おれも二十六なんだけど」

男がパッと破顔した。

「本当ですか」

印象から、もう少し年上だと思っていた。

「ほんとほんと。わー、同い年の人に会えるなんて、めっちゃ嬉しい。今、この町に来て一番嬉しいかも」

男が拳《こぶし》で涙を拭《ぬぐ》う真似をする。きっと大げさでなく嬉しいのだろう。

「きみ、バイト？　ここで働き出したの、最近だよね」

「はい。二週間前からです」

「この町の人？」

最初こそ遠慮がちだった男の口調が、どんどん軽妙になってきた。

「いいえ」

「だよね。すごく垢抜《あかぬ》けてるもん。肌きれいだし」

「そんな……」

「可愛いよ。すっごく可愛い」

中性的な体軀と面立ちは、見る人によってはそう映るのだろう。外見を褒められることは珍しくないが、ここまで臆面《おくめん》もなく「可愛い」と言われたのは初めてだった。

「この間、そこの空き地でちっちゃい男の子と遊んでたでしょ。あれ店長さんの子供だよね」

楽が毒蛇に嚙まれた日のことだろう。驚いたことに男は、楽と遊ぶ史遠を遠くから見ていたらしい。

「ええ、そうですけど」

「きみ、ここに住んでるんだよね、店長さん親子と一緒に。店長さんとは親しいの？」

なぜ左維のことばかり聞くのだろう。

——もしかしてこの人、左維のことが……。

史遠が返答に詰まった時、「いらっしゃいませ」という声とともに店の扉が開いた。

「左維」

史遠の声に、男がハッと背後を振り返る。

「ご用件はお伺いしました」

カウンターに回り込みながら、左維は男に話しかけた。どうやら史遠と男の会話を外で聞いていたらしい。

「話し相手をお探しということですが、いつ頃お伺いしましょうか。ご希望の時間帯がありましたらお聞かせください。ちなみに当店は通常午前九時から午後七時までの営業となっております。時間外になりますと、別途料金を頂戴《ちょうだい》する場合がございます」

左維の畳みかけるような説明に、男は急にどぎまぎと視線をうろつかせた。

「え、えっと、そうですね、明日とか、明後日《あさって》とか……」

左維は「少々お待ちください」と言って、予約受付簿をパラパラ捲ってみせた。

「明日明後日は……ああ、お伺いできますね。お時間は何時頃がよろしいですか。明日は私、午前中でしたら何時でも大丈夫ですが」

男が「えっ」と史遠を見た。

「あの、おれはアルバイトの彼と――」

男が言い終わる前に、左維はカウンターの中央にドンと両手を突き、その身を乗り出した。

「申し訳ありませんが、彼はまだ見習いです。指名はご遠慮ください」

丁寧な口調とは裏腹な左維の鋭い視線に、男はぐっと黙り込む。

――左維……。

そんな言い方をしなくてもいいのに。史遠は左維と男を交互に見た。

「一日も早く馴染《なじ》めるように、この町のこと、いろいろ教えて差し上げますよ」

左維の申し出に、男が口元を歪《ゆが》める。チッと舌打ちが聞こえたような気がした。

「それなら結構です」

「そうですか。残念ですね」

男が踵《きびす》を返す。左維は感情の籠《こも》らない声で「ありがとうございました」と呟き、男の背中を見送った。

男の足音が聞こえなくなるや、左維は史遠を振り返った。眉間《みけん》に深い縦皺が寄っている。なぜだかものすごく不機嫌そうだ。

「お前さぁ、少しは自覚しろよ」

「え？」

「無防備すぎるんだよ」

「無防備……？」

なんのことかわからず、史遠はきょとんと首を傾げる。

左維は不機嫌を隠そうともせず、史遠の目の前で大きなため息をついた。

「知らない男に『可愛い』とか言われて、へらへらしてんじゃねえよ」

「は？」

自分がいつへらへらしたというのだろう。史遠はさすがにムッとした。

「僕はただ、お客さんに失礼のないように――」

「自分が誘われてることくらい気づけ」

「誘われてる？」

「あいつは客なんかじゃない。お前が目当てだ。あからさまだったろう」

「僕が……？」

左維が言うには、数日前から店の前をうろついている不審な男がいたのだという。

「それなら多分、僕じゃなくて左維が目当てなんじゃないかな。あの人、左維のファンなんだよ」

「はあ～？」

左維が呆れたように声を裏返した。

「だってやたらと左維のこと聞きたがってたから」

「だぁから、それは～」

左維は両手を振り上げたが、すぐに脱力したようにダラリと下ろしてしまった。

「もういい。話にならない」

頭をガリガリ掻く左維に、史遠はまたぞろムッとする。

「一体なんなんだよ、もういいとか話にならないとか」

居間に上がろうとする左維の前に回り込んだ。

「お前は隙《すき》だらけなんだよ」

「隙？」

「この間だって、俺の目の前でシャツを胸まで捲り上げて――」

言いかけて、左維は口を噤《つぐ》んだ。

「シャツ？」

縁側で、腹を団扇で扇いだ時のことだろうか。

「あれ、何かいけなかった？」

「いや、別にいけなくは……」

左維が口籠った時、居間の引き戸が開いて楽が飛び出してきた。

「とうちゃん、お帰り！」

弾丸のごとく体当たりする小さな身体を、左維はがっしりと受け止めた。

「ただいま、楽。いい子にしていたか？」

「してたに決まってる。な、史遠」

史遠は「もちろん」と笑顔で頷いた。

「なあ史遠、今日の晩ご飯はなあに？　オレ、もう腹ぺこだぞ」

「忘れちゃったの？　今日はふたりで餃子《ギョウザ》を作る約束だろ」

「あ、そうだった！」

楽が大きな瞳を更に大きくした。

「史遠がこねこねして、オレが皮に包んで、とうちゃんに食べさせるんだった！　史遠、早く作ろう！」

早く早くと楽に手を引かれ、史遠は台所に連行された。

「楽、ちゃんと手を洗えよ」

左維が笑いながら声をかける。

「わかってるよ、もう。今洗おうと思ってたところなのに」

微妙だった空気が、楽のおかげで一気に明るく綻んだ。

——子は鎹《かすがい》って本当だな。

また夫婦みたいなことを考えてしまい、史遠はエプロンを締めながらひっそりと苦笑した。


「たまにはどこかへ遊びに行こうかなぁ」

ご飯に卵をかけながら左維がひとり言のように呟いたのは、月に二日しかない定休日の朝だった。

「オレ、水族館がいい！　水族館に行きたい！」

ご飯茶碗を手にしたまま、楽が叫んだ。

「まだ行くとは言っていないだろ」

「とうちゃん、水族館にはペンギンがいるんだよ。ペンギンはこんなふうに、のたのたのたっと歩くんだ」

楽は手のひらを床に向け、ペンギンの真似をしてみせた。

「それに、イルカがジャンプするんだ！」

数日前、テレビのニュース番組でイルカのショーを特集していた。楽は半分口を開いたまま　じーっと画面に見入っていたが、「イルカを見に連れていって」と左維にせがむことはしなかった。子供なりに左維の忙しさを理解しているのだ。

「天井よりも、屋根よりも、もっともーっと、高くジャンプするんだ！」

その場でぴょんぴょん飛んでみせる楽を「わかったから、まず飯を食え」と制し、左維は史遠にそっと耳打ちした。

「イルカショー、今日までなんだ」

「なるほど」

左維は最初から楽を水族館に連れていってやるつもりだったのだ。仕事道具のぎっしり詰まったワンボックスカーでは味気ないと、前もってレンタカーまで借りていた。

――左維ってホント、優しいなあ。

こんなふうにデートに誘われたら、恋人はさぞかしメロメロになるだろう。

感心しながら洗面所に向かうと先客がいた。踏み台に乗った楽が、何やら真剣な表情で髪を整えている。

「どうしたの、楽」

「わぁっ」

驚いて踏み台から落ちそうになった楽を、すんでのところでキャッチした。

「び、びっくりしたじゃないか」

「ごめんごめん」

「ちょうどよかった。史遠、ねこぜがなかなか直らないんだ」

「ねこぜ？」

楽の背筋はいつも羨ましいくらいピンとしている。

「毎朝ねこぜがひどいんだ」

楽は後頭部で跳ねた髪を、「ほら」と摘んでみせた。

「ああ、なるほど」

寝癖のことらしい。史遠は腹筋を震わせながら、尻尾のように跳ねた毛束にヘアミストをシュッシュと噴きかけた。ドライヤーで整えてやると〝ねこぜ〟はすっかりなくなった。

「こんな感じでどうかな」

「わわ！　すごいな、史遠。ねこぜが消えたぞ」

鏡の中で楽がぱあっと破顔する。

「これから毎朝、僕がねこぜを直してあげようか」

「うん！　ねこぜ退治は史遠に任せることにする」

「おい、ふたりとも早く支度しろ。そろそろ出発するぞ」

左維の呼びかけに、「はーい」という返事が重なった。

空は抜けるような秋晴れだ。三人はドライブがてら隣県にある水族館へと向かった。

山の町から海の町へ、片道三時間。到着が待ちきれない楽は「とうちゃん、まだ？」と十分おきに尋ねていた。チケットを手にするや猛ダッシュで館内に飛び込み、まずは楽しみにしていたペンギンとご対面、大きな歓声を上げた。それからマンタの大きさに驚き、チンアナゴに目を丸くし、ワニを怖がり、最後はイルカショーに大興奮。そんな楽の表情をひとつも逃すまいと、左維と史遠は必死にカメラに収めた。

今シーズンのイルカショーは今日が最終日だとアナウンスが入ると、楽は大きく目を見開き史遠の顔を見上げた。

「オレはなんてラッキーなんだ！　史遠が来てからオレ、ラッキーばっかりだ」

「僕？」

楽はしかつめらしい顔で頷いた。

「毒蛇にかまれても助かったし、イルカショーには間に合ったし、ペンギンは見られたし。きっと史遠がラッキーを連れてきてくれたんだ。史遠はオレの女神だ！」

「女神って……」

反応に困ってしまう。史遠はぷっと噴き出した左維の横腹を、肘で軽く突いた。

「楽、すごく楽しそうだね」

「ああ、そうだな」

グッズショップで、楽は左維にペンギンのぬいぐるみを買ってもらった。

「このペンギン、ほっぺがぷっくりしてて、楽に似てる」

「おう、本当だ。楽にそっくりだ」

史遠と左維は盛り上がったが、当人は「オレはペンギンじゃない！」とますますその頬を膨らませた。

「史遠は何が欲しい？」

笑いながら左維が尋ねた。

「僕？　僕はいいよ」

「遠慮するな」

遠慮しているわけではない。キャラクターグッズに興味がないだけなのだが、左維は「そうだなあ」と真面目な顔で店内を見渡した。

「これなんかどうだ」

手に取ったのは、小さなペンギンのストラップだった。楽のぬいぐるみと同じシリーズだ。

「わわ、おそろいだ！　史遠とオレ、おそろいのペンギンだね！」

楽が大喜びするので、断れなくなってしまった。自分で買うと言ったのに、左維は「いいから」とレジに並んだ。

「ほい」

手渡されたストラップを、史遠は早速斜めにかけたバッグに取り付けた。誰かからプレゼントをもらうなんて、本当に久しぶりだ。

「ありがとう、左維」

素直な気持ちを口にすると、左維はちょっと照れたように指で鼻の下を擦った。

「礼を言われるほどのものじゃないだろ」

「ううん。すごく嬉しいよ。大事にするね」

「お、おう」

左維はなぜかそわそわとそっぽを向いてしまった。頬が少し赤く見えたのは、夕陽のせいかもしれない。

日が落ちかけた頃、さすがにはしゃぎすぎたのか楽は左維の背中で眠ってしまった。史遠は食べかけのソフトクリームを取り上げ、小さな手をウエットティッシュで拭ってやった。

「いつも留守番ばかりさせているからな。たまにはご褒美をやらないと」

店が繁盛しているのはいいことだが、おかげで左維には休日らしい休日がほとんどない。本当は家でゆっくりしたいだろうに、息子を喜ばせようと往復六時間ハンドルを握る。

「いいお父さんだね、左維は」

「普通だろ」

「その『普通』が、結構難しいんじゃないかな」

史遠は父親の背中を知らない。母親の温《ぬく》もりも知らない。祖父母は大切に育ててくれたけれど、普通と呼ばれる親子の像は空想の中にしかない。

「……ごめん」

史遠の生い立ちに思い至ったのか、左維がしまったという顔をした。

「そういう意味じゃないよ」

安心しきったように左維の背中に身体を預けている楽を見ていると、血の繋がりがないことが一体なんなのだと思えてくる。

「気にしないで」

ひらひらと手を振り、楽の食べ残したソフトクリームを舐めた。

「あ、冷たくて美味しい。左維もどう？」

「俺はいい」

「そう言わないで。ほら」

「俺は——んっ」

いらないと言われる前に、その唇にソフトクリームを押し当てた。

「ね、美味しいでしょ？」

「お前……」

文句を言いかけて呑み込んだところをみると、思ったより美味しかったのだろう。

「付いた。拭いてくれ」

楽を負ぶっている左維は、両手が塞がっている。

「ちょっと待ってね」

史遠は左維の唇の端に付いたソフトクリームを、指先で拭った。

想像していたより柔らかい感触に、心臓がドクンと妙なステップを踏む。

――ダメだ。

「どうした」

夏雲のようにむくむくと蘇ってくる淫夢を、史遠は渾身の力で封じ込めた。

俯いた史遠の顔を、左維が覗き込む。

「なんでもないよ」

「なんか顔が赤いぞ。暑いのか？」

「あ、暑くなんかないって」

「でも顔が――」

「本当になんでもないってば」

くるりと背中を向けたついでに、「代わるよ」とおんぶの交代を申し出た。

「いいよ。こいつ見た目より重いんだ」

「だから代わるんだよ。左維、帰りの運転があるんだから。ほら僕、見かけよりタフだって言ったでしょ」

「でも……」

押し問答していると、左維のポケットでスマホが鳴った。

左維は「悪いな」と楽を史遠に預け、スマホを手に通路の隅に寄った。

――誰からだろう。

詮索《せんさく》するつもりはないけれど、気になってしまう。左維の背中をチラチラ見ながら歩いていたら、正面から来た人と肩がぶつかってしまった。

「あ、すみません」

「いえ……あれ、小原？」

目の前にいたのは、大学時代同じゼミだった松井《まつい》だった。

「松井？」

「やっぱり小原だ。久しぶりだな」

「本当に。卒業以来だよね。元気だった？」

「ああ。小原も元気そう……って、もしかしてその子、小原の子供？」

背中の楽に気づいた松井が尋ねた。

「違うよ。知り合いの子なんだ。松井は？」

「まだ独身。彼女と来てるんだけど、グッズショップで三十分足止めだよ」

松井は参ったよと苦笑した。

「しっかしこんなところで小原に会うなんて、驚いたな」

「僕もびっくりだよ。そういえば松井の実家ってこっちの方だったよね」

確か松井は、東北に本店のある大手地方銀行に就職したはずだ。

「小原は？　もしかして転勤？」

「ううん。実は」

アルバイト先が倒産してしまったことを話すと、松井は同情とも呆れともつかない複雑な顔をした。

「それは気の毒だったな。小原って昔からガツガツしたところがないからな。ぽや～んとしていて雰囲気柔らかいから、女子がよく『小原くんって可愛いよね』とか『癒し系だよね』とか言ってた」

「そうだったの？」

「気づいてなかったんだ」

史遠は頷いた。まったく知らなかった。

「そういうところが小原らしいというか。うわさ話には耳を貸さない。揉め事には首を突っ込まない。人の悪口も絶対言わない。素直で正直で優しい癒し系。よくも悪くもな」

「………」

事実だが、なぜかあまり褒められている気がしなかった。

同じゼミに所属してはいたが、史遠と松井はある意味正反対の性格だった。何をするにも要領がよく目端が利くタイプの松井は、端的に言って世渡りが上手かった。彼がゼミで最初に内定をもらった時、別のゼミ生が『あいつ、自分は中学高校と野球部の主将でしたって、面接で大嘘かましたんだぜ。帰宅部だったくせに、よくやるよ』と呆れていた。内定を勝ち取るために経歴を多少〝盛る〟ことくらいはあるだろうが、後でバレたら気まずいだろうにと人ごとながら心配になったことを思い出した。

「社会人になったらさ、ある程度裏表を使い分けられないと苦しいぞ、小原」

「裏表？」

「会社に入るといろいろあるんだよ。派閥争いとか。否が応でも巻き込まれる。風を見誤って上昇気流に乗れなかったやつは上には行けない」

勝ち組の上司に取り入らなければ出世できないということか。

「派閥争いなんてドラマみたいだね。僕には一生縁がなさそうだ」

「就活だって同じことさ。時には自分をよく見せるための嘘も大事だってこと」

松井が一流企業の内定をもらった同じ頃、確かに史遠は苦戦していた。結局どこからも内定をもらえず、四年近く働いたアルバイト先も倒産してしまった。幼い楽にまで「鈍くさい」

と言われれば情けなくもなる。マンホールや川に落ちることなく、もっとスマートに生きられたらいいのにとも思う。

それでも史遠は今の自分が嫌いではない。出世のために裏表を使い分け、嘘で塗り固めた人生を送るくらいなら、愚鈍なままで結構だ。

「心配してくれてありがとう。でも僕は、嘘は苦手なんだ」

「そんなきれいごと言ってると、一生ニートだぞ？　シャレになんないだろ」

松井が鼻白んだところで、背後から「小原くん、お待たせしたね」と声がした。振り向くと、いつの間にか左維が立っていた。

——小原くん？

きょとんとする史遠に、左維は「黙っていろ」と目くばせし、松井に向かって会釈をした。

「うちの小原のお知り合いですか」

「え？　あ、はい。松井と言います」

「隣県で人材派遣会社を経営しております、九守と申します」

「社長さんですか」

松井が驚いたように左維を見上げ、ポケットから慌てて名刺入れを取り出した。

今日の左維は黒のコットンシャツにジーンズというカジュアルな服装だが、男らしく端整な顔立ちと百八十センチを軽く超えるすらりとした体軀のおかげで、そこはかとなく上品さが漂う。

——人材派遣会社？

あんぐりと口を開ける史遠に構わず、左維は松井の名刺を受け取った。

「申し訳ありません。名刺を車に置いてきてしまいました」

「構いませんよ。あの、今『うちの小原』と？」

「小原はうちの社員です。まだ若いですが、私の右腕でして」

「そ、そうなんですか」

松井の戸惑いは、そのまま史遠の戸惑いだった。

「彼の実直で裏表のない仕事ぶりのおかげで、このところ業績が右肩上がりです。支店を出す際には、彼をぜひ支店長にと考えております」

目を剝く史遠に、左維はにっこりと笑いかけた。

「きみの人柄にほれ込んでいる社員も多い。小原くん、その時はよろしく頼むよ」

「え、あ、あの」

どう答えていいのかわからずにいると、背中の楽が目を覚ました。

「史遠、お腹へったぁ」

左維が楽を抱き上げようとしたが、楽は寝ぼけながら「嫌だ、史遠がいい」と史遠の背中に抱きついてしまった。

「この子は私より小原くんがよくてね。こうして休日まで付き合ってもらっているんですよ」

複雑な笑みを浮かべる松井に別れを告げ、三人は水族館を後にした。

「人材派遣会社……ね」

松井の驚いた顔を思い出し、史遠は苦笑する。ものすごく広い意味に捉えれば、百パーセント間違いというわけではないけれど。

「俺が俺を派遣してるだろ。ちょっと盛っただけだ」

「ちょっとじゃないだろ。支店なんていつ出すのさ」

「出す際には、の話だ。必ず出すなんて言っていない」

「人柄にほれ込んでいる社員って誰だよ」

左維はにやにやしながら、「こいつ」と楽の頭を撫でた。

「なあ楽。お前、史遠が大好きなんだよな？」

楽は「何を今さら」とばかりに、大人びた顔で肩を竦め史遠の背中から飛び降りた。

「当たり前のこと聞かないでよね。史遠はオレのヒーローで、女神なんだから」

左維は史遠に向かい「ほらな」と笑った。

「毒蛇もやっつけてくれるし。史遠は男らしい女神だ！」

楽の言葉に、左維と史遠は目を見合わせて噴き出した。

「史遠、もし今度あいつに会ったら言ってやれ。『僕は嘘が苦手なんじゃない。大嫌いなんだ。

嘘で固めた人生なんてまっぴらだ』って」

「左維……」

「確かにお前は尋常じゃなく不器用で鈍くさいけど、俺は好きだよ」

——好き……って。

足を止めた史遠を置いて、左維は楽に駆け寄る。

「楽、何が食いたい？」

「オレ、お寿司がいい！　くるくる回ってるお寿司屋さんに行きたい！」

「よし、じゃあ今夜は寿司にするか」

やったあ、やったあ、と楽が叫ぶ。

ふたりの背中を見ながら、史遠はそっと胸に手をやった。

——そういう「好き」じゃないから。

深い意味などないとわかっているのに、胸の奥がジンと甘い痺《しび》れを覚える。

松井との会話を、左維は陰で聞いていたのだろう。価値観の押し売りに辟易《へきえき》している史遠のために、優しい嘘で一矢報いてくれたのだ。

——勘違いしちゃいけない。

自分に言い聞かせる。

『誰になんと言われようと、俺にはあいつしかいない』

あの夜の左維の言葉を、記憶の底から引っ張り出して反芻《はんすう》した。そうでもしないと、ゆらゆら揺れ動く心を落ち着かせることができそうになかった。

回転寿司店に到着した三人を、意外な人物が待っていた。

「おーい、こっちだ」

奥の席で手招きをしているのは診療所の医師・壱呉だった。テーブルにはすでに三皿ほど平らげた形跡がある。

「遅かったじゃないか。待ちくたびれたぞ」

「全然待ってねえだろ」

「腹が減って死にそうだったんだ、まあ座れ。せっかくご馳走してやると言ったのに、回転寿司でいいのか？」

「なんでパイナップルがここにいるんだ？」

楽が口を尖《とが》らせた。

「よう、ちっちゃいの、久しぶりだな。さてはお前が『オレ、回ってるお寿司が食べたいぞ！』とか騒いだんだろ。まったくこれだからおこちゃまは」

「ちっちゃいのって言うな！　バナナ！　トマト！　このっ！　このっ！」

「楽、トマトは果物じゃない」

両手をぶんぶん振り回す楽を、左維が背中から抱き上げて席に着かせた。

「桐ケ窪先生、その節は大変お世話になりました」

史遠が一礼すると、壱呉は「すっかり元気そうだな」と嬉しそうに頷いた。

「おかげさまで」

水族館で左維にかかってきた電話は、壱呉からだった。偶然この近くに仕事で来ていることがわかり、それなら夕食でも一緒にという話になったらしい。帰りの足がない壱呉が、左維の車に便乗する代わりに、夕食をご馳走してくれるという。

楽の横には史遠が座り、向かい側に左維と壱呉が並んだ。

「遠慮しねえで食えよ、ちっちゃいの……って、もう食ってるし。しかも中トロかよ」

楽の前にはすでに中トロ、イクラ、ウニなどの皿が並んでいた。

「高い皿ばっかりじゃねえか、チビ」

「それじゃあ遠慮なく、いただきまーす」

「あっ、待って楽、それさび抜きじゃない」

史遠は止めたが、楽はすでに中トロにかぶりついていた。

「くぅ～～～っ」

楽が眉間に指を当て、足をじたばたさせている。

「楽、大丈夫？　ほら、お水飲んで」

史遠が慌てて差し出したコップを、楽は押し返した。ノーサンキューらしい。

「わさびが利いてて最高だ！　寿司はこうでなくちゃ」

「……へ」

史遠は目を瞬かせる。左維はメニューに目を落としたまま「楽はわさび平気なんだ」とことともなげに言った。

「そ、そうなの。すごいね、楽」

「史遠も遠慮せずに、じゃんじゃん注文しなよ」

リスのように頬を膨らませる楽に、「お前が言うな」と壱呉が苦笑した。

楽はいつも以上に楽しそうだった。聞けばレジャー目的の外出も外食も、半年ぶりだというから、はしゃぎたくなる気持ちもよくわかる。

史遠が注文した味噌汁が運ばれてきた。お椀《わん》の中に賽《さい》の目状の豆腐を見つけると、楽は大仰に眉を顰《ひそ》めた。

「史遠は豆腐、好きか？」

楽が耳元で囁いた。

「お豆腐？　うん、好きだよ」

「オレは嫌いだ」

「そうなんだ」

史遠はちらりと視線を上げた。左維は壱呉と仕事の話をしている。

「史遠は知らないかもしれないけどな、豆腐は大豆という豆でできているんだ」

「楽は大豆が嫌いなの？」

「大豆だけじゃない。豆は全部嫌いなんだ。見ただけで、おえーってなる」

「…………」

このところの暮らしが楽しすぎて、ほとんど意識しなくなっていたけれど、左維と楽は人間ではない。豆を嫌うのは楽が鬼だからだ。

――あまり深く突っ込まない方がいい。

「好き嫌いはよくないけど、そんなに嫌いなら仕方ないね」

史遠はできるだけ淡々と答えた。

「楽、唐揚げ食べたくない？　フライドポテトが回ってきたよ」

「オレがどうして豆が嫌いになったかわかる？」

「うーん、わからないな。ねえ楽、デザートもあるよ」

「保育園ではな、二月になると豆まきというのをするんだ」

史遠はちらりと左維を見やる。幸いこちらの会話に気づいた様子はない。

「鬼のお面を被った先生を、みんなで追い回して豆をぶつけるんだ。何回も何回もぶつけるんだ。ひどい話だろ？　それなのにみんな、豆まきが『楽しみだ』って言うんだぞ？　信じ

られない。だからオレ、保育園をやめた」

「楽……」

——そうだったんだ。

わかるよ。すごくわかる。そう言ってやりたい。

でも決して言えない。言うわけにはいかないのだ。幼い楽の苦悩を受け止めてやることも励ましてやることもできない自分の無力さに、歯噛みする。胸が痛い。

「あんなところ、二度と行きたくない」

楽は悲しみに満ちた声で呟いた。

「ね、史遠」

内緒話をするように、楽は史遠の耳に唇を寄せた。

「なあに」

「史遠は嘘つきが嫌いなんだよな？　嘘で固めた人生なんてまっぴらなんだよな？」

さっきの左維の言葉を繰り返す。

「オレ、史遠に秘密にしてることがあるんだ」

幼い瞳が強い決意に満ちていて、史遠は慌てた。

楽は打ち明けるつもりだ。嘘つきになりたくないから、嫌われたくないから、自分の正体を史遠に打ち明けようとしているのだ。

――マズいな。

「あのね、楽、あれはそういう意味じゃなくて」

しどろもどろになっていると、意外なところから助け船が出された。

「バカだなあ、チビは」

壱呉が鼻で笑った。

「アレルギーでもないのに、ぎゃぁぎゃぁわめくんじゃない。日本の文化は豆が支えているんだ。諦めて食え」

「なんだと！」

楽は眦を吊り上げた。

「教えてやるよ、チビ。お前が寿司に付けてる醬油《しょうゆ》。それも大豆でできている」

「う、うそだ」

楽が狼狽《うろた》える。

「嘘なもんか。ついでに味噌汁の味噌も大豆。いいか、豆は大豆だけじゃないんだ。枝豆、そら豆、インゲン、それに小豆――」

「桐ケ窪先生！」

史遠はたまらず壱呉の解説を遮った。これ以上教えたら、楽はトメさんのおはぎを食べられなくなってしまう。楽はわがままで豆を避けているわけではない。保育園での悲しい体験がそうさせていることを、壱呉は知らないのだ。

「楽、アイスクリーム注文しようか。バニラとチョコとミックス、どれがいい？」

泣き出しそうな楽の背中を抱き、史遠は優しく誘った。

「……いらない」

楽はふるふると頭を振った。

「じゃ、プリンにする？　チョコプリンもあるよ」

何も悪いことなどしていないのに。

楽が可哀想で、愛おしくて、思わずその肩をぎゅっと抱き寄せた。

それを見ていた左維が「楽、おいで」と立ち上がった。

「どこ行くの？」

「お前、さっきから全然トイレ行ってないだろ。車に乗ったらしばらく行けないんだから、今ここで済ませてしまえ」

「オレ、デザートまだだもん。チョコプリン食べるんだもん」

やっぱり食うんじゃねえか、と壱呉が笑った。

「トイレから戻ったらな。史遠、チョコプリン頼んでおいてくれ。ほら、楽、行くぞ」

左維は少々強引に、楽をトイレに連れていった。

賑《にぎ》やかだったテーブルに、しん、と静寂が落ちる。どことなく空気が重い。

「ところで史遠くん、つかぬことを聞いてもいいかな」

静寂を破ったのは、壱呉だった。

「ご両親を早くに亡くしたと言ったけど、どういった仕事をなさっていたのかな。先祖代々の家業みたいなもの、ある？」

「なんでしょうか」

「父は家電メーカーに勤めるサラリーマンで、母は専業主婦だったと聞いています。祖父は公務員で、祖母はやはり専業主婦でした。家業については特に聞いたことはありません」

壱呉は、ふうんと小さく頷いた。なぜ急にそんなことを尋ねるのだろう。

「つかぬことついでにもうひとつ。きみ、毒消し草を知っていたそうじゃないか」

「…………」

湯呑み茶碗にお湯を注ごうとしていた手が、思わず止まった。左維から聞いたのだろう。

「近所のおじいさんに教わったそうだね」

「子供の頃の話です。おじいさんが畑仕事の途中に蛇に嚙まれたか蜂に刺されたかして」

動揺を気取《けど》られないように、左維に話したのと同じ話をして聞かせた。

「きみ、東京の出身だよな」

「そうですけど」

「蛇とか蜂とか、まるで田舎の話のようだ」

「東京にだって畑くらいありますよ」

笑ってみせながら、背中を冷たい汗が流れるのがわかった。

——まさか……。

壱呉は、史遠の特殊な体質に気づいているのだろうか。彼の目にもまた史遠と同じように、ふたりの角や牙が見えているのだろうか。それとも史遠とは別の、特殊な能力を持っているのだろうか。いずれにしても左維は壱呉に毒消し草の話をした。彼がただの診療所の医師ではない可能性は高い。

「豆が嫌い」という他愛のないわがままに隠された楽の切ない訴えを、さりげなくかわしたつもりでいた。けれどもし壱呉が左維たちの正体を知っているとすれば、史遠の受け答えはさぞ不自然に映ったことだろう。

敵とか味方とか、今まで考えたこともなかったけれど、もし彼が史遠の体質について疑いを持っているのだとしたら、あまり深く関わらない方がいい。おそらく壱呉と左維は、仕事の話をしながら楽と史遠の会話を聞いていた。楽の危うい発言を窘めるために、左維は楽をトイレに連れ出したのだ。

左維はどうだろう。左維もやはり不審に思っただろうか。

史遠に気づかれていると、勘づいてしまったのだろうか。

「回転寿司のお茶は、歯が緑色になるくらい粉を入れた方が美味いぞ」

「…………」

悠然とお茶を啜《すす》る男に、史遠は強い警戒心を覚えた。

――この人、一体何者なんだろう。

トイレから戻ってきた楽は、案の定半べそをかいていた。左維に叱られたのだろうと思うと、胸が締め付けられた。

「楽、チョコプリン来たよ」

ことさら明るく声をかける。

「……うん」

テンションが低い。さっきまでとは別人のようにしょげている。

史遠は傍らの袋から、ペンギンのぬいぐるみを取り出した。

「楽が食べないならこのプリン、僕ときみで食べちゃおうか、ラッキー」

「ラッキー?」

楽がのろりと顔を上げた。

「楽に似ているから、ラッキー。この子の名前。どうかな」

なかなかいい名前だと思ったのに、楽は口をへの字に曲げた。

「ダサい。ダサすぎる」

「そ、そうかな」

わりと本気で考えた名前だったのに。

「いまどき犬にだってそんなダサい名前つけないぞ？　史遠はセンスがなさすぎる」

「ごめんごめん」

まったくと肩を竦める楽は、いつの間にか普段のやんちゃな表情を取り戻していた。

「でもまあ、史遠がせっかく考えてくれたんだから、ラッキーでいいや」

「ホント？」

「史遠が来てからラッキーなことばっかりだしな」

楽はにっこりと頷き、史遠の手からラッキーを受け取った。

「ラッキー、お前も一緒にチョコプリン食べるだろ？」

自分にそっくりのペンギンをむぎゅっと抱きしめる楽は、いつもの元気な楽だった。

「あ、史遠のペンギンにも名前をつけなくちゃ」

「どんな名前がいいかな」

楽はしばらく思案顔をした後、「そうだ」と目を輝かせた。

「史遠はオレの女神だから、メガッキーがいい」

「メガッキー？　なんかゴツそうな……」

「気に入らないのか？　史遠」

「そ、そんなことないよ」

「それじゃ、史遠のペンギンはメガッキーね。けってぇーい！」

楽し気なふたりの会話を、テーブルの向こう側から左維が見つめている。優しい瞳の奥に見え隠れするかすかな不安の色に、史遠は気づかないふりをした。

チョコレートがカカオ豆で作られていることを、楽が一生知ることがないように願う。

そして自分の特殊な体質に、左維も楽も永遠に気づかないでいて欲しい。

そんなことを思っている自分は、誰より一番「嘘つき」だ。

落ち込みそうになる史遠の口に、楽がチョコプリンをひと匙《さじ》入れてくれた。

「ありがとう。甘くて美味しいね」

「チョコプリンが美味しいなんて、史遠もおこちゃまだなあ」

「言ったなあ」

脇腹をこちょこちょ擽《くすぐ》ると、楽は身を捩《よじ》ってケラケラと笑った。

蕩けるチョコレートのような甘いひと時。こんな時間が一秒でも長く続けばいいと思った。

帰りの車では壱呉が助手席に座った。史遠は後部座席でチャイルドシートの楽と遊んでいたが、いつの間にかうつらうつらと浅い眠りに落ちていた。

「だからもしもの話だ」

「もしもの話はたくさんだ。聞きたくない」

どれくらい走っただろう。いつしか降り出した雨音で目が覚めた。

「ったく、お前はいつもいつもそうやって。たまには俺の話に耳を貸せ」

「耳を貸す価値がない。壱呉、これ以上つまらないことを言うと車から降ろすぞ」

フロントガラスを叩く雨粒の音とワイパーの音に紛れて、壱呉と左維の会話が聞こえる。

「そうやって自分を責めながら生きるのもどうかと思うがな、俺は」

「あんたには関係ないと、百万回は言ったはずだ」

「俺にはあいつしかいない？　五百万回聞いたわ」

耳にタコができたと壱呉が嘆息した。

「何回でも言ってやる。俺の心を動かせるのはあいつだけだ」

——また「あいつ」だ……。

この間の電話の相手は壱呉だったらしい。

史遠は身動《みじろ》ぎもせず、低く声を潜めたふたりの会話に耳を傾けた。

「本当に確かめなくていいのか、左維」

「………」

「怖いんだろ」

「ああ怖いね。怖くて悪いか」

「開き直んなよ」

ガキか、と苦笑する壱呉の声はどこか優しかった。

「本当に後悔しないのか」

左維が「今さら」と鼻で笑う。

「俺の人生は後悔だらけだ」

「残念な人生だな。俺は後悔はしない主義だ」

「お気楽なことで。羨ましい」

「いやぁ、それほどでも」

「褒めてねえよ」

漫才のような掛け合いにごまかされそうになるが、話の内容は決して軽いものではない。

左維と「あいつ」の間に一体何があったというのだろう。一生自分を責め続けなければならないほどの何かを、史遠は想像することができない。

ふたりの会話から詳しいことは何ひとつ伝わってこないけれど、これだけははっきりしている。左維の心には「あいつ」以外が入るスペースはない。

「これからどうするつもりなんだ」

「どうするって?」

「いつまでもこのままってわけにはいかないだろ」

「面倒をみろと言ったのはあんただ」

「想定外だったんだ。チビが懐き過ぎている。そのうち取り返しのつかない――」

壱呉が言いかけた時、楽が「とうちゃ……」と目を覚ました。

「どうした、楽。おしっこか？」

左維がミラー越しに楽を覗き込んだ。

「しっこじゃない……オレ、今日、楽しかった」

楽は半分寝ぼけているようだった。

「とうちゃんと、史遠と……楽しかった」

「そうか。よかったな」

「また三人で……水族館……行こ……」

「そうだな。またそのうちな」

むにゃむにゃと、楽はまた眠ってしまった。

楽の隣で眠ったふりをしながら、史遠の心はざわざわと騒いだ。

壱呉は史遠が『天晴れ』に居候していることに、危機感を抱いている。楽が史遠に懐くことで、どんな取り返しのつかないことが起きるというのだろう。それは左維が抱き続ける後悔と、あるいは左維が鬼だということと、果たして無関係なのだろうか。

「しお……ん……」

不意に触れた柔らかくて温かい小さな手を、雨音の中でそっと握り返した。

網戸の張り替えの仕事が入ったのは、水族館に出かけた十日後のことだった。

左維の留守中に電話を受けた史遠は、俄然張り切った。なぜなら網戸の張り替えは以前のアルバイト先で何度か経験があったからだ。幸か不幸か、指定された午後の時間帯に左維は別の仕事が入っていた。史遠はひとりで行かせてほしいと頼んだ。

「大丈夫なのか。ひとりでピンときれいに張るのは結構難しいぞ?」

「前のバイト先で、休憩室や更衣室の網戸を張り替えるのは、僕の担当だったんだ。下手な業者に頼むよりきれいだって、店長から太鼓判押されてたんだから」

それを聞いて安心したのか、左維は史遠がひとりで仕事に出かけることを許してくれた。たまたまその日の午後は診療所が休診で、壱呉が楽を預かってくれることになった。楽は「またイチゴのところか」とぶつぶつ言っていたが、仕方のないことだろう。

待ちに待った初陣だ。史遠は張り切りながらも気を引き締め、仕事先へと向かった。

シャツの襟《えり》を正し、少し緊張気味にインターホンを押したのは、平屋建ての小さな古い家だった。トタン屋根は満遍なく錆びつき、外壁はいたるところが剝がれかかっている。お世辞にも手入れが行き届いているとはいえなかった。

「こんにちは、『天晴れ』の小原です」

訪問を告げると、中から足音がして、玄関の引き戸が開いた。

「やあ、いらっしゃい」

にこやかに出迎えてくれた依頼主の顔に、史遠は固まった。

「えっ……」

「待っていたよ、小原くん。さ、上がって上がって」

靴を脱ぐ暇《いとま》も与えず史遠の腕を引いたのは、先日店にやってきて「話し相手が欲しい」と言った、あの男だった。

「うっかり網戸を破っちゃってさ。自分で張り替えようかと思ったんだけど、小原くんの顔が浮かんだんだ。もう一度会いたかったから、一石二鳥だと思って」

「そう……ですか」

妙だなと思った。

電話の声は、この男の声とは違って聞こえた。

「電話の声、違ってたでしょ」

史遠が不審がっていることに気づいたのだろう、男は自分から話題を振ってきた。

「ええ」

「ボイスチェンジャーを使ってみた」

「ボイスチェンジャー？」

「自分の声を、自由自在に変えることができるんだ」

そんなソフトがあることを初めて知った。

「この間、勘のいい店長さんに追い返されちゃったからね。万が一きみじゃなくあの人が電話に出ても、速攻切られたりしないようにと、俺なりに対策を練ったってわけ」

左維は男が史遠を「誘っている」と言っていた。「勘のいい」と言っているところをみると左維の言う通りだったのかもしれない。

網戸が破れたというのは本当だろうか。俄かに不安と疑念が湧き起こる。

「破れた網戸を拝見してもよろしいですか」

「うん。こっち」

男に導かれて入ったのは、六畳ほどの和室だった。昼間だというのに薄暗く、床が畳なのかフローリングなのかもわからないほど物が散乱していた。荒《すさ》んだ暮らしぶりが容易に想像できる空間で、パソコンの画面だけが煌々《こうこう》と光を放っている。異様な光景だった。

網戸はサッシから取り外され、壁に立てかけられていた。一瞥《いちべつ》して史遠はぎょっとする。網全体に刃物で切ったような無数の傷が走っていたのだ。破れているのには違いないが、誤って破いたのではないことだけはわかった。

この町に越してきたばかりで話し相手がいない。あの日男はそう言った。しかし部屋全体が醸し出す雰囲気は、男がもう何年もこの部屋で暮らしているとしか思えないものだった。

とてつもなく嫌な予感がする。さっさと張り替えを済ませて早くここを立ち去れと、本能の警告音が鳴った。史遠は急いで道具箱を開け、作業を始めた。

「小原くん、名前なんていうの」

背後に男がへばりついている。仕方なく「史遠です」と答えたが、すぐに後悔した。

「史遠かぁ……史遠、史遠。いい名前だね、史遠」

左維に褒められた時は心の奥が疼くほど嬉しかったのに、この男に呼ばれると不快感しか覚えない。背中にねっとりと絡みつくような視線を感じる。

「ねえ史遠、張り替えが終わったら晩ご飯食べていって。用意をしてあるんだ」

「終わったらすぐに帰りますので、どうぞお構いなく」

視線を上げずに淡々と答えた。

「どうして？」

「この後すぐにもう一件仕事があるので」

「どこ？　誰のところ？　アルバイトだから指名は受けないんだよね？」

答える必要がない。史遠は黙々と手を動かした。

「どうして黙ってるの？　あの男の子と遊んでる時みたいに、可愛い声を聞かせてよ」

「…………」

「ねえ、顔を上げてこっち見なよ、史遠」

「…………」

ひたすら不愉快だった。

相手にしない方がいいと無視を決め込むと、苛立《いらだ》ったような舌打ちが聞こえた。

「毎晩あの店長にヤられてるくせに」

——……は？

何を言われたのか、一瞬理解できなかった。

ぽかんと見上げた史遠を、男の下卑た視線が見下ろしている。

「言わなくてもわかるよ。きみ、こっちの人間だろ？」

「こっち……？」

「あいつはすごいのか？　イイのか？　どんなテクでされるのが好きなんだ？　イく時の声を俺にも聞かせろよ」

そこまで言われなければピンと来ない自分の鈍さを呪《のろ》った。男の本当の目的を、史遠はようやく理解した。左維の言う通りだった。男が店に来た目的は、史遠だったのだ。

「そういうことでしたら失礼します」

そうとわかったら、仕事を遂行する必要などない。

史遠は道具箱の蓋を閉め、立ち上がろうとしたのだが、肩を突かれてよろめいた。

「諦めなよ、史遠。きみの大好きな店長さんは、午後いっぱい屋根の修理だろ？」

「なっ……」

驚いたことに男は左維の仕事先を知っていた。屋根の修理の予定は、半月前から入っていた。先日店を訪ねてきた時に、カウンターに置かれていた予約受付簿を盗み見したのだろう。左維がいない日を選んで、ボイスチェンジャーまで使って予約を入れ、史遠を自宅におびき出した。網戸もわざと壊したに違いない。男の周到さと陰湿さに、身震いするような嫌悪と恐怖を覚えた。正気とは思えない。

「なあ、店長のをしゃぶってるんだろ？　俺のもしゃぶってくれよ」

「ふざけるな」

客なんかじゃないと言った左維は正しかった。この男は常軌を逸した変態だ。

「どいてください」

「どかなーい。きひひひ」

気持ちの悪い笑い声をたてながら、男は史遠を床に押し倒した。

「あっ」

ゴンと鈍い音がして、後頭部に強い痛みが走る。

「うっ……」

仰向《あおむ》けに倒れた史遠の腹部に、間髪を入れず男が跨った。

「乳首が見たいな。きみの乳首、すごくい形がよくていやらしい色をしている気がする」

勝手な妄想を語りながら、男は史遠のシャツを引き裂いた。

「やめっ、ろっ！」

「嫌がるのを無理矢理、ってなんかいいよね」

男は史遠の両手を頭上でひとまとめに拘束した。

「わあ、やっぱり思った通りのいやらしい乳首だ。あんまり弄《いじ》られていないのかな？　きれいなピンク色してる」

「……触るな」

低く呻くような呟き。

それが自分の喉から出たものだと、初め史遠は気がつかなかった。

「え、なんか言った？」

男はへらへらと笑いながら、はだけた史遠の胸に唇を近づけた。腹の底からこみ上げてきたのは、恐怖を軽く凌駕《りょうが》する強い怒りだった。

「私に触るな！」

勢いよく両手を突き上げると、男の身体はいとも簡単に壁際まで飛んだ。

「痛……」

男が苦悶《くもん》の表情を浮かべている。史遠は素早く道具箱を抱え、部屋を飛び出した。

華奢な自分のどこにそんな力が潜んでいたのだろう。呆然としたが、一番の驚愕《きょうがく》は別のことだった。

——私？

転がるように玄関を飛び出した。

全力で走りながら、史遠はかつてないほど混乱していた。

——私って誰？

史遠の一人称は「僕」だ。物心ついた頃からずっと変わらない。

私に触るな。そう叫んだのは確かに自分だ。自分の意志で叫んだ。

しかし飛び出した声は、自分のものではなかった。それこそボイスチェンジャーでも使ったかのように、別人の声だった。ただ、その声には聞き覚えがある。

——まただ。

（毒消し草）

（左維の意地悪は、いつも口だけだ）

（シオン）

この町に来てから何度か聞いた、あの声だった。

毒消し草を知っていて、史遠のことをも知っていて、照れたように「左維」と呼ぶ——私。

今までその声は、頭の中にこだまするだけだった。

しかし今、とうとう史遠の口から飛び出した。史遠の声帯を乗っ取ったかのように。

——一体誰なんだ！

どれくらいの距離を走っただろう。男が追ってこないのを確認すると、史遠は走る速度を緩めた。久しぶりの全力疾走に、なかなか呼吸が整わない。こめかみを汗が伝った。

自分ではない誰かが、自分の中にいる。

あえて言葉で説明をするとすれば、そんな感じだろうか。

その誰かは史遠ではないが、同時に史遠自身でもある。

「わからない……」

史遠は頭を抱え、地面に座りこんでしまった。

「ここ、どこだろう」

闇雲《やみくも》に走ってきたものだから、今いる場所がわからない。派出所どころか人の気配すらなかった。スマホはあの日川に水没させてしまったので持っていない。早く新しいのを買えと何度も左維に言われていたのに、スマホのない暮らしも悪くない気がして、延ばし延ばしにしてきたのだ。

左維の言うことを聞いてすぐに新しいスマホを買えばよかった。

依頼主があの男だと気づいた瞬間に、逃げ出してくれればよかった。

「左維……」

思わず唇から零れ落ちる。会いたくてたまらない。

こんなに強く誰かに会いたいと思ったのは、生まれて初めてかもしれない。

早く帰らなくちゃと思うのに、ショックの余韻で立ち上がる力が出ない。

足の裏がずきずきする。見れば靴下が擦り切れ、皮が剝けた足の裏には血が滲んでいた。

気が動転していて、靴を履かずに飛び出してきてしまったのだ。

「左維……」

不安がピークに達した時、遠くから一台の車が近づいてきて急ブレーキをかけた。見覚えありありのワンボックスカーのタイヤが、舗装されていない路面に浅い轍《わだち》を作った。

土煙が上がる。

「史遠！」

運転席のドアが開くや、左維が飛び出してきた。

「左維……来てくれたんだ」

安堵のあまり、気が遠くなりそうだった。

「どうしたんだ、こんなところで」

「桐ケ窪先生の言う通り、やっぱり僕、方向音痴だったみたい」

「そうじゃなくて、どうしてこんな道端にしゃがみ込んでいたのかと聞いて――」

左維が息を呑んだ。

史遠のシャツが裂かれていることに気づいたのだ。しかも靴を履いていない。それが何を物語っているのか、左維は瞬時に理解したようだった。

「待ってろ」

史遠は運転席に戻ろうとする左維の腕を摑んだ。

「心配しないで。平気だから」

「平気なわけないだろ」

左維は強張った顔で自分のカットソーの袖を引き裂き、皮の剝けた足の裏を包んでくれた。そして壊れ物を運ぶような手つきで、史遠を車の助手席に乗せた。

「他に怪我は？」

運転席に乗り込むなり左維が尋ねた。

史遠は首を振った。もし何かされていたら、左維の顔をまともに見られなかっただろう。

「この間店に来た男だったのか」

項垂れたまま小さく頷くと、左維は両手で思い切りハンドルを叩いた。

「くそっ！」

史遠をひとりで行かせると決めたものの、左維はなんとなく不安だったという。史遠の腕が信頼できなかったからではなく、依頼者の苗字《みょうじ》に聞き覚えがなかったからだ。夕霧町のような小さな町は、町全体が知り合いのようなところがある。しかも『天晴れ』の客はほとんどがリピーターで、新規の依頼も誰かの紹介で入ることが多い。

屋根の修理を大急ぎで終わらせた左維は、網戸修理の依頼主に電話をかけてみたが、何度コールしても『おかけになった番号は』というメッセージが流れるだけだった。

不安は的中した。史遠を呼び出したのは店に来た男に違いない。直感した左維は、控えてあった住所を頼りに男の家へ向かった。その途中、道端に蹲る史遠を見つけた。

「お前を行かせる前に確認すればよかった」

「左維のせいじゃないよ。僕が……」

左維は悪くない。いつもいつも大事なところで詰めの甘い自分のせいだ。

「お前のせいでもない。ボイスチェンジャーだと？　ふざけやがって」

血走った眼で左維がエンジンキーを回す。

「ぶっ殺してやる」

「やめて！」

史遠は助手席から身を乗り出し、左維の腕に縋った。

「お前がこんな目に遭わされたのに、黙っていられるわけないだろ！」

長い腕が伸びてきて、搦《から》め捕《と》るように史遠の身体を抱きしめた。

――左維……。

左維は本気で怒っている。まるで大切な家族を傷つけられたように。

「……僕のために怒ってくれてるの？」

「当たり前だろ」

「ありがとう」

「何言ってんだ」

「嬉しいな」

思わず零れたのは、飾りのない本音だった。

心も身体も傷だらけで、足の痛みは消える気配もないのに、史遠の胸は喜びに震えている。

「……バカ野郎」

史遠を抱く左維の腕に力が籠《こも》る。

「だって本当に嬉しいんだ。すごく嬉しい」

胸板に頬を擦りつけると、左維の匂《にお》いがした。

大好きな匂いだ。大好きな人の匂い。大好きな人。

どんなに抑えても、想いが溢れてしまう。

初めて人を好きになった。

――左維を、好きになってしまった。

鬼だとわかっているのに、その心には「あいつ」がいるとわかっているのに。

――ごめん……左維。

優しい腕の中で、史遠はそっと目を閉じた。

「また間に合わなかった」

絞り出すような声で、左維が囁いた。

——また？

前にも同じようなことがあったのだろうか。

「俺がもう少し機転を利かせていれば、お前をこんな目に遭わせずに済んだ」

史遠は首を振った。

「左維が駆け付けてくれなかったら、今も僕はあの道端に蹲っていた。歩いて帰ってくるのは無理だったから。左維は間に合ったよ。ちゃんと間に合った」

「史遠……」

左維の瞳の奥が揺れた。

「ありがとう、左維。僕なんかのために、そんな悲しい顔しないで」

「僕なんかなんて……言うな」

左維は掠《かす》れた声で囁く。もう一度、息が止まるほど強く抱きしめられた。

家に帰るとすぐに左維が傷の手当てをしてくれた。楽に気取られはしまいかと心配したが杞憂《きゆう》だった。壱呉の家で季節外れの花火を楽しんだ楽は、送り届けられた時には壱呉の背中ですやすやと寝息をたてていた。

眠ったままの楽を布団に横たえ、いつもの縁側に左維と並んだ。こうしてふたりで庭を眺めるのは、もう何度目だろう。

左維の横顔がいつになく硬い。まだ怒りが冷めやらないのか、夜風に揺れる紫色の可憐《かれん》な花を睨みつけるように見つめている。

「いつも思ってたんだけど、庭の花、きれいだね」

わざと明るい声で話しかけた。

庭一面に植えられているところをみると、左維はこの花が好きなのかもしれない。

「なんていう花なの？」

「オニノシコグサ」

「オニノ……シコグサ？」

オニという響きに、胸の奥が鈍い痛みを覚えた。その名前に聞き覚えはない。しかしなぜだろう、史遠の胸にこみ上げてきた感情は、紛れもない「懐かしさ」だった。

知らない花を懐かしいと感じる。あの日バスを降りた時、初めて訪れたこの町の風景を懐かしいと感じたように。

「毎年植えているの？」

「いや、多年草だから毎年この季節になると勝手に花が咲く。勝手に咲いて、勝手に散って

「いく。勝手な花だ」

投げやりな言い方には、裏腹な思いが宿っているような気がした。きれいなのに、好きでたまらないのに、どうにもならないとでも言いたげな横顔だ。

もしかするとオニノシコグサは左維ではなく「あいつ」が好きだった花なのだろうか。

締め付けられるような痛みが強くなり、史遠は無意識に表情を曇らせた。

「まだ痛むのか。傷、もう一度見てやろうか」

誤解した左維が心配そうに足を覗き込む。

「ああ……違うんだ。少しだけ痛いけど、さっきよりずっとマシ」

「やっぱり一発ぶん殴ってくればよかった」

「ダメだよ。そんなことしちゃ」

左維の激しい怒りは優しさの裏返しだ。だからこそ、その拳を使わせてはいけない。

「この町に来てよかったなぁ」

夜空で瞬き始めた星々を見上げながら、史遠は呟いた。

「なんだよ急に」

「だって、左維と楽に会えた」

「ダーツで決めたくせに」

左維がようやくほんの少しだけ口元を緩めた。

「そうなんだけどね。でもバスを降りた時、すごく不思議なんだけど、なんだか懐かしい気がしたんだ。オニノシコグサも、なんだか懐かしい」

「名前、知らなかったんだろ？」

「変だよね」

「日本の田舎の景色なんてどこも似たようなものだ。この花も特に珍しい花じゃない」

「……うん」

――でもね左維、僕には「懐かしい」と感じるような田舎の記憶はないんだよ。

この町に来てから、不思議なことばかり起こる。

初めて訪れたのに懐かしい風景。名前も知らないのに懐かしい花。

そして時折聞こえる、自分ではない誰かの声。

（左維……）

ほらまた声がする。史遠は拳を強く握った。

受け止めてくれるだろうか。溢れ出すこの思いを。

「あのね、左維」

何かに憑《つ》かれたように、史遠は話し出した。

「今まで僕、一度も誰かを好きになったことがなかった。恋をしたことがなかったんだ」

過去形にしたのは、史遠なりの精いっぱいの攻めだ。

「またずいぶんと……晩生《おくて》だな」

晩生には違いないが、そればかりではないような気がしていた。

「物心ついた頃からずっと、人を好きになっちゃいけない気がしていたんだ。誰かに禁じられたわけでもないのに、好きになりそうになると、直前で心にブレーキがかかるんだ」

中学の時、近所に可愛い女の子が引っ越してきた。優しくていい子だなと思っていたら向こうから告白された。付き合ってみてもいいかなと思った時、心の声がした。

(やめておきな。その子は史遠と合わない)

遠く遠く、山の向こう側から風に流されてきたのかと思うほどささやかな、声とも言えない声だった。しかしどうしてだろう、史遠はその声に諾々と従ってしまった。

その時だけではない。高校の時にも同じようなことがあった。大学の時も。

性欲もなかった。自分でしようとも思わなかった。あの淫夢を見るまで、自分はＥＤなのだと思い込んでいた。

自分の中の一番大切な部分が恋愛を拒絶している。ずっとそんな気がしていた。

「誰かと、約束をしている気がするんだ」

永遠の契りの約束を。

「誰かって?」

「わからない。いつどこでそんな約束をしたのかもわからないし、そんな相手が本当にいるのかすらわからない。何もかもわからないことだらけなんだけど」

曖昧で形のないものにずっと縛られてきた。

恋はしない。結婚もしないし子供も作らない。そんな人生なのだとどこかで諦めていた。

——でも。

左維を好きになった。生まれて初めて恋に落ちた相手は、人ではなく鬼だった。

左維が鬼であることは、史遠にとって何の障害にもならない。なぜなら史遠は、鬼が真面目で優しく強い生き物だということを知っているから。障害はむしろ、別のところにある。

史遠の告白をじっと聞いていた左維が、おもむろに口を開いた。

「俺も、似たようなものだ」

「……え」

「俺も恋はしない。ずっと待っていると約束した人がいるから」

「…………」

多分それは「あいつ」。その絶対的な存在に、史遠はそっと目を閉じた。

「その人が好きだったんだね。この花」

ああ、と左維が頷く。

「花束を渡すと、本当に嬉しそうだった。『ありがとう。この花が一番好きなんだ』って、それこそ花みたいな笑顔で……」

遠い目をする左維の横顔は、今までで一番優しく、一番悲しげだった。

花束を渡すほど、「あいつ」のことが好きだったのだ。

「『会いに行くから待っていてくれ』って言ったんだ。『必ず行くから』って。なのにどんなに待っても来やしない。とんだ嘘つきだよ、あいつは」

「でも……それでも左維は待つんだね」

「待つ。死ぬまで……いや死んでも待つ。俺はあいつしか愛さない。愛せない」

自分に言い聞かせるように左維は言った。

——終わっちゃった。

紛れもない初恋だった。誰かを好きになることなんて一生ないと思っていたのに、人並みにちゃんと恋をすることができた。告白もできずに終わってしまったけれど、それでも好きになったのが左維でよかったと思える。

「左維、僕……」

涙が溢れた。言葉の代わりに伝えて欲しい。それでも僕は、あなたが好きなのだと。

「ごめっ……ごめんね」

待っている人がいるとわかっているのに、好きになってしまってごめん。

立ち上がろうとした時、足の裏にずきんと痛みが走った。

「っ……」

よろけた史遠を左維が抱きとめる。

「大丈夫か」

「……うん」

「史遠、俺は……」

左維の声が震えていた。何かに耐えるように、形のいい唇を歪ませて。

史遠は初めて「あいつ」を憎んだ。左維と約束したんだろ。左維のことが好きなんだろ。だったらどうして待たせるんだ。どうして左維に悲しい顔をさせるんだ。

――僕が「あいつ」になれたらいいのに。

叶《かな》わぬ思いにまたひと粒、涙が零れ落ちる。

濡れた頬を、左維の親指が愛しそうに拭ってくれた。

「ごめっ……」

「お前に泣かれると、どうしていいのかわからなくなる」

「左維……」

どちらからともなく唇が重なる。戸惑いながら、それでもそうせずにはいられなかった。強い何かに導かれているようだと思った。

背中に回された手のひらが史遠を宥める。躊躇うような触れ方に、左維の正直な気持ちが表れていた。

「……んっ……」

深まっていく夜に紛れるように、くちゅ、くちゅ、と水音が響く。

優しいキスも、温かい手のひらも、逞しい腕も胸板も、全部「あいつ」のものだとわかっている。でも今この瞬間は、自分だけの左維でいて欲しい。

——これで最後。最後だから。

とんでもなく卑猥な夢を二度も見た。けれどどちらの夢でもキスだけはしなかった。左維にされるまま、導かれて果てた。とても満たされていた。幸せだった。

薄く開けた歯列の隙間から、左維の舌が挿し込まれる。

「んっ……ふっ……」

上顎の奥をぬるぬると擽られると、たまらず顎が上がった。そんなところが感じるなんて知らなかった。頭の芯《しん》がぼーっとする。史遠は夢中で舌を絡めた。

初めてなのに初めてじゃないみたい。不可思議なキスだった。

——キスまで懐かしいなんて……。

オニノシコグサが風に揺れている。目を閉じているはずなのに、こんなに近くに見えるのはなぜだろう。そう思った途端、視界の隅に左維の姿が見えた。庭の隅で背中を丸め、紫色の花びらを撫でている。

涙こそ流していないが、左維は泣いていた。胸の奥の激しい感情に、じっと耐えている。

――左維……。
史遠は気づいた。これは左維の脳内の景色だ。
深く口づけたことで左維の意識が史遠の脳に流れてきているのだ。
（会いたい）
左維の声が聞こえる。
誰にと言わなくてもわかる。左維は「あいつ」に会いたがっている。
（会いたいよ、天夕《てんゆう》）
――天夕。
それが「あいつ」の名前なのか。
史遠との口付けを深めながら、左維の心は千々に乱れていく。
（会いに来てくれ、天夕……天夕！）
ダイレクトに伝わってくる左維の絶叫に、史遠はたまらず口付けを解いた。
言葉はない。ふたりで俯いたまま互いの膝を見つめ、静かに息を整えた。
長い長いキスの余韻は、甘さと苦さと気まずさがごちゃ混ぜになっていた。
史遠が先に立ち上がった。足の裏に痛みが走ったが、今度は顔には出さなかった。
「そろそろ寝るよ」
何も言わずに自分を見上げる左維の瞳が潤んでいる。

とても美しい、けれどとてつもなく悲しげな瞳だった。

「いつか……会えるといいね」

「……え」

「その人に」

「史遠……」

重く長い沈黙の後、左維は「そうだな」とため息のように言った。

いつの間にか月が真上から照らしている。

アルバイト先が倒産したのをきっかけにふらりとこの町にやって来て、気づけばひと月近くが経っていた。左維と楽との暮らしが楽しすぎて、時間が経つのを忘れていた。

竜宮城に招待された浦島太郎のようだ。東京での生活が遠い昔のことに思える。

――そろそろ帰らなくちゃ。

これ以上ここにいたら、いつかふたりに迷惑をかけることになる。

自分がここへ来なければ、店に変な客が来ることもなかった。

自分に懐き過ぎた楽が、左維に叱られることもなかった。

それにもしもあいつ――天夕が、左維に会いに来た時、自分がいては邪魔になる。

――帰ろう。

史遠は月を見上げ、明日の朝ここを発《た》とうと決めた。

夜のうちに認《したた》めた短い手紙を食卓に置いた。

ひと月足らずのこととは思えないほど、たくさんの思い出ができた。

丸いテーブルを囲むと、本当の家族と食事をしているような気持ちになった。史遠の拙《つたな》い手料理を、美味しいと食べてくれた左維。コロコロと仔犬《こいぬ》のように笑い転げる楽。

思い出すと足が止まるから、振り向かずに部屋を出た。玄関には三人の靴が並んでいた。左の大きなのが左維の靴。右の細いのが史遠の靴。そして真ん中の小さなズックが楽の靴。

「左維……楽……っ」

史遠は嗚咽《おえつ》をこらえ、静かに玄関の戸を開けた。東の空がうっすらと明るい。バスはまだ走っていないだろう。本格的に明るくなる前に、なるべく遠くまで行かなくてはならない。

——さよなら、左維。さよなら、楽。楽しかったよ、ありがとう。

バッグにぶら下がるメガッキーを握りしめ、走り出そうとしたその時だ。

「史遠……？」

背後から小さな声がした。ハッと振り返ると、玄関の外にパジャマ姿の楽が立っていた。胸にラッキーを抱えてとことこ近づいてくる。

「どうしたんだ、史遠。こんなに朝早くに散歩——」

史遠の背中のリュックサックに気づいた楽が「あっ」と息を呑んだ。

「まさか史遠、帰るんじゃないよな?」

「………」

「東京に帰っちゃうなんて言わないよな?」

縋るような瞳を、まともに見ることができなかった。

「答えてよ、史遠! 帰らないよな? な?」

小さな手が、史遠のシャツの裾を摑んで引いた。

「ごめんね、楽。帰らなくちゃいけないんだ」

「嘘だ……嘘だよな? オレをからかってるんだよな?」

「ごめん。本当にごめんね、楽」

「なんで……」

絶望に染まった大きな瞳から、ぶわりと涙が溢れた。

「嫌だ! やだやだやだ! 絶対にやだっ!」

楽が泣きながら地団駄《じだんだ》を踏んだ。

「ずっとこの家にいてもいいって言ったのに! いたくなくなったのか? オレたちのことが嫌になったのか?」

「そうじゃない」

「オレが毎日ねこぜの退治してって、頼んだからか?」

「違うんだ、楽」

楽のねこぜを退治するのは、毎朝の楽しみだった。

——好きになりすぎてしまったから帰るんだ。

本当のことを言っても、幼い楽にはわかってもらえないだろう。

「オレが悪い子だからか？　だから史遠は帰るのか？」

「違っ——」

「オレ、いい子になる。ちゃんと言いつけ守って、いい子にするから」

「楽はいい子だよ。すごくすごく可愛くていい子だよ」

「じゃあなんで！」

「ごめん……本当にごめんっ」

これ以上話していたら、気持ちが変わってしまう。

史遠はシャツの裾を握りしめる小さな手をそっと引きはがした。

「楽、元気でね」

「史遠！　行かないで！」

「また来るから。必ず遊びに来るから。左維にもそう伝えて」

言うなり踵を返して走り出した。溢れる涙で前が見えない。

「史遠！　史遠！　待ってよぉ」

足音が近づいてくる。

「史遠！　しお——あっ！」

ざさっと砂の擦れる音がした。史遠を追おうとして転んだのだろう。

「楽……」

駆け寄りたい。戻って抱き起こして、抱きしめて涙を拭いて……。

——ダメだ。

史遠は必死に踏みとどまった。

勝手にこの町に来て、勝手に川に落ちた。そんな通りすがりの旅行者を、楽は助けてくれた。家に来てもいいと言ってくれた。たくさんの楽しい思い出をくれた。

なのにその楽を泣かせてしまった。自分の身勝手さが死ぬほど腹立たしかった。

「どうして帰っちゃうんだよぉ！」

楽の叫びが背中に刺さる。

「オレが鬼だからか！　オレが鬼だから史遠は帰るのか！」

——なっ……。

史遠は思わず振り返った。地面に這《は》いつくばって、楽が絶叫する。

「鬼が嫌いなんだろ！　そうなんだろ！」

「楽！　言うな！」

史遠の叫びはしかし、無情にも楽の耳には届かなかった。

「史遠は、史遠だけは、オレを……鬼を嫌わないと思ったのにぃぃ――っ！」

明るくなりかけた路上に、楽の悲鳴が響いたその時だ。

東の空から淡い朝日がひと筋、楽に注がれた。史遠は眩《まぶ》しさに目を眇《すが》める。

「楽……？」

気のせいだろうか、楽の身体が徐々に薄くなっていくように見える。地面にうつ伏せたまま、楽が自分の手のひらを不思議そうに見ている。その指先からいくつもの小さな光の粒が上空に向かっていくのが見えた。史遠はハッとした。

――違う、気のせいなんかじゃない！

瞠目《どうもく》する史遠の前で、楽の身体がみるみる透けていく。

――楽が……楽が消えてしまうっ！

「楽！」

史遠の声は、玄関から飛び出してきた左維の叫びと重なった。

「楽！」

「とうちゃ……」

駆け寄ってきた左維に、楽が手を伸ばす。

「楽――っ！」

左維と楽の指先が触れる直前、楽の身体を包んでいた無数の光は空に向かって昇り、すーっと音もなく消えた。光の消えたその場所に、楽の姿はなかった。

「ら……く」

楽のいた場所に立ち、左維が呆然と呟く。

――こんなことって……。

嘘だ。嘘に決まっている。信じたくない。

立ちつくす史遠の脳裏に、子供の頃に見たある光景が過《よぎ》った。

鬼はどこからか現れ、人間の世界に紛れ、馴染み、人間と同じようにその生涯を終える。幼い頃から無意識にそう思っていたが、それは史遠の体感であって、実際に鬼の誕生や死に立ち会ったことは一度もなかった。

ただ、一度だけ鬼が消える瞬間を見たことがある。小学校に上がったばかりだから、史遠が六つか七つの頃のことだ。家の近所のコンビニエンスストアで働く二本角の鬼がいた。二十代後半くらいだろうか、明るい好青年だった彼は、小さな史遠にもとても親切にしてくれた。ネームプレートには『木下《きのした》』とあった。小学生の史遠にも読める苗字だった。

ある日学校の帰り道で、彼が恋人と思しき女性とカフェにいるのを見かけた。仲睦《なかむつ》まじいふたりの様子を、史遠は歩道からなんの気なしに覗いていた。

普段元気のいい木下が、いつになく緊張しているようだった。

『話したいことがあるんだ』

『なあに?』

『あのさ、実は俺……』

ぶ厚いガラス越しで、声こそ聞こえなかったが、そんな会話があったのかもしれないと今にして思う。彼女の唇が『嘘でしょ』と動いたように見えた。とても悲しそうに木下が首を横に振った。

やがて彼女の手からコーヒーカップが落ちた。カフェの店員が飛んできて彼女の汚れたスカートを拭いてやっているわずかな間に、木下の姿は忽然《こつぜん》と消えていた。

最初は自分の見間違いかと思った。木下はトイレかどこかへ行っていて、じきに戻ってくるのではないかと思った。しかし五分経っても十分経っても木下は戻ってこない。彼女はそれを不思議がるでもなく、新しく運ばれてきたコーヒーを飲み干すと、彼を待たずに会計を済ませ、ひとりでカフェを出ていってしまった。

翌日史遠は、彼が働いていたコンビニに行ってみた。レジには初老の男性がいた。

『あの……木下さん、今日はいますか?』

勇気を出して尋ねてみた。しかし彼はきょとんと首を傾げた。

『木下さん? そういう名前の人は、この店にはいないよ』

『やめちゃったんですか?』

『辞めたも何も、このお店はおじさんと、おじさんの奥さんと、娘の三人でやっているんだ』

三人とも苗字は木下ではないという。キツネにつままれたような気持ちで、小学生の史遠はコンビニを出た。

なぜ木下は突然消えてしまったのか。そして周りの人間は、なぜ彼が最初から存在しなかったかのように振る舞うのか。あの時はわからなかったことが、今ようやくわかった。

鬼はその正体を人間に知られた瞬間、この世から消えてしまうのだ。

つまり「死」だ。

だから左維はあの日回転寿司屋で、史遠に正体を教えたがっていた楽をトイレで叱った。

可愛い楽を守るために。楽の命を守るために。

「ごめっ……ごめんなさい、僕のせいで楽が……楽が……」

取り返しのつかないことをしてしまった。唇が、身体が、がくがくと震える。

水族館の帰り、車の中で壱呉は言った。楽が史遠に懐きすぎると、そのうち取り返しのつかないことになると。その危惧《きぐ》が、現実のものとなってしまった。この世から消えてしまうことの意味を理解するのに、楽はまだ幼すぎた。

左維がゆっくりと近づいてくる。

「史遠」

殴り殺されてもおかしくない状況なのに、左維の声は驚くほど落ち着いていた。怒りが頂点に達すると妙に冷静になるのは、人も鬼も同じなのかもしれない。

「お前、普通の人間じゃないんだな？」

答えられなかったのは左維が恐ろしかったからではなく、震えが止まらなかったからだ。

「俺たちの正体を知っていたんだな？」

「左維……」

「俺たちが鬼だって、最初から知っていたんだな？　お前は――」

しまったと思った時には、左維の身体は徐々にその輪郭を失いはじめていた。

「左維！」

たった今楽が消えてしまったように、左維もまた史遠の前から消えようとしている。

目映《まばゆ》い光を放つ手のひらが、史遠の頬に触れた。

「左維……どう……どうしてっ！」

左維は答えてくれない。ただ黙って史遠の頬を撫でるだけだ。

最後の瞬間、その唇がかすかに動いたが声にはならなかった。

「左維ぃぃ――っ！」

左維が消えた。楽も。ふたりとも死んでしまった。

「うわあああっ!!」

膝を折り、地面に額を擦り付け、史遠は絶叫した。

「どうして……どうして！」

俺たち、と左維は言った。それは楽だけでなく自分も鬼だという告白に他ならない。

おそらく楽は、史遠が去ってしまう悲しみから思わず自分が鬼だと明かしてしまったのだろう。

けれど左維はどうなのだろう。楽の死に動揺し、うっかり「俺たち」と口にしてしまった
のだろうか。それとも楽の後を追おうと、覚悟の上で自らの正体を明かしたのだろうか。

――多分、わざとだ。

左維は自ら命を絶ったのだ。楽の後を追うために。

「僕のせいだ……全部、僕の……」

気まぐれにこの町を訪れたりしなければ、ふたりに出会うことはなかった。ふたりは史遠
が「鬼が見える特殊体質だ」などと露ほども思っていなかっただろう。気づいていれば史遠
を居候させることはなかった。

特殊な体質だということをひた隠しにして、優しさに甘え、ふたりの命を奪ったのだ。

「僕がふたりを……殺した」

足音が近づいてくる。史遠は砂と涙にまみれた顔を、のろりと上げた。

「史遠さん？　あら、やっぱり史遠さんだわ」

「トメさん……」

足音の主は、トメさんだった。

「そんなところでどうしたの？　具合でも悪いの？」

朝の散歩中だというトメさんが、心配そうに史遠を覗き込んだ。

――どうしよう。

話そうか、話すまいか。事実を話せばショックを受けるだろうが、いつまで隠しておけるものでもない。それ以前に、今ここで起こったことをどう説明すればいいのだろう。

逡巡《しゅんじゅん》する史遠に、トメさんがハンカチを差し出した。

「顔にお砂が付いているじゃない。ほら、拭いて」

「……すみません」

「ちょうどお電話しようと思っていたところなの。お勝手の蛇口からお水がポタポタ垂れるようになってしまって。今日か明日にでも来ていただけるかしら」

「ごめんなさい、トメさん。左維も楽も、もう伺うことができないんです」

拳を握り、震える声で告げた。

しかしトメさんの返事は、思いもよらないものだった。

「さい？　らく？　私はいつものように、史遠さんに来ていただきたいんだけど」

「……え」

「史遠さんがお忙しいなら、明後日でも構わないのよ」

トメさんはにっこりと微笑んだ。

——まさか。

楽と一緒にラッキーも消えている。

史遠は弾かれたように立ち上がり、左維の家へ駆け戻った。

「やっぱり」

店先から『天晴れ』の看板が消えていた。

「くそ！」

勢いよく玄関を入ると、異様な光景が目に飛び込んできた。

「ない……」

居間も台所も寝室も、すべての部屋が空っぽだった。三人で囲んだちゃぶ台も、茶碗も箸も冷蔵庫も洗濯機もふたりの服も布団も、何もかも跡形もなく消え去っていた。

左維と楽は、最初から存在しなかったことになっているのだ。木下がそうだったように、ふたりを知るすべての人の記憶から、その存在が抹消されてしまったのだ。

「こんなことって……」

あたりが暗くなっていく。史遠はそれ以上意識を保つことができなかった。

うっすらと開いた目蓋《まぶた》の隙間《すきま》から光が差し込む。日光ではない。蛍光灯の柔らかな光だ。

——ここは……。

真っ白な天井に見覚えがあった。お世辞にも寝心地がいいとはいえないベッドの感覚も。

初めてこの町を訪れ、酔って川に落ちた時と同じだ。

「目が覚めたか」

「桐ケ窪《きりがくぼ》先生……」

「起きられそうか」

驚いたことに、意識を失ってから一週間が経《た》っていた。

壱呉《いちご》の手を借りて身体《からだ》を起こす途中、徐々に記憶が蘇《よみがえ》ってきた。

「あの……」

おずおずと視線を上げる。壱呉の瞳《ひとみ》はいつになく翳《かげ》りを帯びていた。

「残念ながら夢じゃない」

万にひとつの希望を、壱呉はひと言で打ち砕いた。

「それじゃ、左維《さい》と楽《らく》はやっぱり」

「もうこの世界にはいない」

「っ……」

唇《くちびる》を噛《か》み、史遠《しおん》は呻《うめ》いた。

「僕のせいなんです。僕のせいでふたりはっ」

枕元に置かれたバッグに付けられたメガッキーが目に入った。なぜかひとつだけ消えなかった小さな思い出を、史遠は強く胸に抱いた。

「楽……左維……」

くう、と喉奥《のどおく》が鳴った。性懲りもなくまた涙が溢《あふ》れる。どんなに泣いても叫んでも、ふたりは二度と戻ってこないというのに。

「先生はご存知だったんですね。左維と楽が……鬼だということを」

朝早く虫の知らせがした壱呉は『天晴《あっぱ》れ』に駆け付け、もぬけの殻になった家の中で倒れている史遠を見つけたという。

憎まれ口を叩きながらも、左維は壱呉を信頼しているように見えた。仕事に楽を連れていかれない時、預ける先は決まって壱呉のところだった。少なくとも史遠がこの町に来てから、左維が楽を壱呉以外の人間に託すのを一度も見たことがない。

仕事も年齢も性格も違うふたり。気の置けない友人というわけでもなさそうなのに、その間に流れる空気は奇妙なまでに濃かった。

そして何より壱呉は危惧《きぐ》していた。今日のような最悪の事態が起きてしまうことを。

「知っていた」

「先生は一体……」

「しがない町医者だ」

訝る史遠の視線を受け止めることなく、壱呉は窓辺に向かう。そしていつか楽が遊んでいたすべり台をじっと見つめた後、ゆっくりと振り返った。

「が、実はもうひとつ大切な仕事をしている。桐ケ窪家は、代々陰陽師《おんみょうじ》の家系なんだ」

「陰陽師……」

占術や呪術《じゅじゅつ》を駆使し、古来よりこの国のさまざまな祭祀《さいし》を執り行ってきた陰陽師。彼らは時々の帝や貴族たちから絶大な信頼を得ていた。悪霊や魑魅魍魎《ちみもうりょう》といった邪悪なエネルギーを持つものとの間に、結界と呼ばれる目に見えないシールドを張り、人々の暮らしを守る。それが陰陽師の主な仕事だという。

「桐ケ窪家は、千年の昔から陰陽師として日本の歴史に大きく関わってきた。今では全国に数えるほどしかいないがな」

陰陽師の存在は史遠も知っていた。しかしそれは小説や映画といったフィクションの世界の話で、現代の日本に陰陽師を名乗る者が存在していることは驚きだった。

「家系図も残っている。うちの一族だけでなく、陰陽師の家系はどこもしっかりした家系図を残している」

話しながら、壱呉がゆっくりと視線を遠くに移した。

「あの山が見えるか」

壱呉が町外れに鎮座する山を指さした。

「夕霧山《ゆうぎり》、ですよね」

「その昔、あの山は鬼たちの棲《す》み処《か》だった、名前も夕霧山ではなく、鬼吠山《おにほえ》」

「鬼吠山……」

(そんなこと言っても、結局助けてくれるんだ、左維は)

頭の中に、またあの声が響く。しかし史遠はもう驚かなかった。

徐々に脳内がクリアになってくる。そうだ、あの山は鬼吠山だった。

「ところがある時、わけあって鬼たちは結界に封印された。今からちょうど千年前の話だ」

壱呉がゆっくりと振り返った。

「しかし中には結界のほんのわずかに弱い場所を通り抜け、人間の世界へとやってくる鬼がいる。あいつらのように」

確かめるまでもなく、それは左維と楽のことだろう。

「鬼たちは角や牙《きば》といった自分たちの本当の姿を隠し、人間に姿を変えてこの世界に紛れている。見破ることができるのは、桐ケ窪家のような陰陽師の家系の人間だけだ。それ以外の人間の目に、彼らの角や牙が映ることは決してない」

ベッドサイドまで近づいてきた壱呉が、史遠を見下ろした。

「俺は全国に散らばっている陰陽師たちのすべての家系図を調べた。しかし小原《おばら》史遠という陰陽師はどこにも存在しなかった。史遠くん」

「……はい」

「思い出したかな？」

史遠は深く頷《うなず》いた。

（天夕《てんゆう》！　おい、天夕！）

左維の声がする。明るく弾《はじ》けるように自分を呼ぶ声。大好きだった声。

記憶の中の、左維。

史遠はゆっくりと顔を上げた。

「私の名は――天夕」

――全部思い出したよ、左維。

＊＊＊

鬼吠山の頂近くに、麓《ふもと》の集落が一望できる場所がある。鬱蒼《うっそう》と木々の生い茂る山肌の一角にできた、畳三枚ほどの狭い土地だ。途中の足場が悪いので近づく者は少ない。まるで山肌をくり抜いてできた洞窟《どうくつ》のようなこの場所が、天夕のお気に入りだった。

「どうしたらよいのだろう」

天夕はそのきりりと整った目元を曇らせた。利発な少年のような面立ちが、このところの心労で翳りがちだ。

麦畑や粟《あわ》畑の合間に、茅葺《かやぶき》屋根の家々が点在している。のどかで美しい景色を見下ろしながら、天夕は大きなため息をついた。このところずっと気持ちが塞《ふさ》いでいる。

何かよい解決方法はないだろうか。そればかりを考えていた。

「そんな顔をするな、天夕。なんとかなるさ」

優しく微笑《ほほえ》み、曲がった萎烏帽子《なええぼし》を直してくれる美しい鬼の名は左維。天夕の恋人だ。

二歳年上の左維と相思相愛になって早三年。この場所で幾度甘い逢瀬《おうせ》を重ねてきただろう。

「とにかくちゃんと飯を食え。な?」

「うん……」

食欲がなくなり、ただでさえ華奢《きゃしゃ》な身体がますます痩《や》せてしまったことを、左維は大層心配していた。

筋肉自慢のような大男が多い鬼の中で、左維はすらりと手足の長いバランスのよい体軀《たいく》だった。切れ長だが二重の大きな瞳や整った口元も、他の鬼たちとは一線を画している。誰の目にもひときわ美しい鬼だった。地味で質素な直垂《ひたたれ》も、左維が纏《まと》うとどこか品のよさが漂うから不思議だ。

「本当になんとかなるのだろうか」

「自分本位にならず、誠意をもって話をすれば、事態はきっといい方向に向かうはずだ」

鬼という生き物はよく言えば純粋、悪く言うと直情的な面があるのだが、左維はとても理性的で理知的だった。見た目だけでなく心も美しく整っていた。

「俺が必ずなんとかするから」

「左維……」

逞《たくま》しい腕で肩を抱き寄せられ、凝っていた天夕の心はたちまち蕩《とろ》けていった。

太古より鬼吠山の鬼たちとその裾野《すその》に広がる名もない集落の住人たちは、それぞれの特性や立場を理解し、助け合って共存してきた。

鬼は山に。人は里に。それぞれが暮らす場所には明確な区切りがあったが、互いのエリアを自由に行き来し、顔見知りの人間、あるいは鬼に出会えば挨拶《あいさつ》を交わすほど良好な関係を続けてきた。

それがここ数年その関係が少しずつ変わってきた。乙名《おとな》と呼ばれる集落の指導者を中心に惣村《そうそん》なる組織を作り、知恵を使い、少しずつだが生活の質を向上させ始めた人間たちを、一部の鬼たちが過度に羨《うらや》むようになったのだ。生来気のいい生き物のはずなのだが、邪《よこしま》な気持ちを抱《いだ》いた鬼の一団が、時折村に降りてきては小さな悪さを繰り返すようになった。

甘い蕪《かぶ》がたくさん採れたんだって？　だったらちょっとくらい分けてくれたっていいじゃないか。今年は梨《なし》が豊作だそうじゃないか。だったら少しくらい取ってもかまわないよな――。そんなふうに一部の鬼たちは、深い悪意のないままに畑の作物を引き抜いたり、軒先の干し柿《がき》をくすねたりするようになっていった。

村人たちも「一部の困った鬼の悪さ」と我慢していたのだが、ある日ついに「悪さ」では済まない事件が起きた。芋《いも》を盗むところを見つかった鬼が、追いかけてきた村人に石を投げつけ、怪我《けが》をさせたのだ。幸い大きな怪我にはならなかったが、さすがに腹を立てた乙名は、都から高名な陰陽師を呼び寄せよい解決方法はないかと相談した。

『鬼たちと縁を切ってはどうでしょう。鬼吠山から鬼を追い出すのです』

陰陽師の提案に、乙名を始めとする村人たちはこぞって賛成したという。

天夕は仰天した。

『ちょっと待ってください。いくらなんでも早計すぎます』

話し合いもしないまま、一方的に追い出すことを決めるなんてひどすぎる。

しかし天夕の意見に耳を貸そうとする村人はいなかった。

『村の者はみな、いずれこうなるだろうと思っておったのだ。鬼というのは浅慮な上に、力でばかり解決しようとする。しょせんは頭の悪いもののけ。この村にとっては害以外の何物でもない。これ以上犠牲が出る前に、山から追い出すしかない』

村人たちは口々に鬼をあしざまに言った。

『半鬼のお前にこんなことを言うのは酷だと思うがな、おらたちも陰陽師の先生が正しいと思う。悪く思わねえでくれ、天夕』

両親を早くに亡くした天夕を育ててくれた老夫婦まで、そんなことを言い出した。

天夕には鬼の血が混じっている。祖父の祖父が鬼だったのだ。半分ではなくても、鬼の血が一滴でも混じっている者を、村では半鬼と呼んだ。

村人の気持ちを鬼たちに伝え、鬼たちの言い分を村人に伝える。いつの頃からか半鬼はそんな役割を担うようになっていた。半鬼は時折生まれるが、今村にいる半鬼は天夕ひとりきりだ。必然鬼たちと頻繁に接するのは天夕の役目になっていた。

人には男と女がいるが鬼の性は男だけだった。しかしその個性は人と同じようにとても豊かだった。強い鬼、弱い鬼、穏やかな鬼、短気な鬼、泣き虫な鬼——。さまざまな鬼たちと関わる中で、とびきり美しく強く賢い鬼、左維と出会いあっという間に恋に落ちた。

未来永劫《えいごう》、人と鬼は共存していけると信じていた。しかしこの一件で、村の人々が心の中で鬼を「害」だと思っていたことを知ってしまい、天夕は大きなショックを受けた。

「私はまだ信じられない。そんなことを言う人たちではなかったのに。この頃みんな、どこか変だ」

「その陰陽師ってやつが、ちょっと妙だな」

「都で評判の、とても偉い先生なのだそうだ」

「ふうん」

左維は腕組みをし、何かを深く考えるように夕暮れの村をじっと見下ろした。

「左維に会えなくなったら、私はどうしたらいいだろう」

親も兄弟もいない天夕にとって、左維は唯一の心を許せる相手だった。寂しい時にはいつも傍《そば》にいてくれた。隣に左維がいれば幸せだったし、何も怖くなかった。

山から鬼たちを追い出すなんて、いくら陰陽師でも簡単にできるわけがない。そうは思っても不安は消えなかった。

「左維がいなくなってしまったら、私は、私は……」

「バカだな」

左維は震える天夕をぎゅっと抱きしめたかと思うと、すぐにその身体を離した。

「ちょっと待ってろ」

言うなり山の稜線《りょうせん》をひと息に駆け上っていく。ものの数秒でその広い背中が見えなくなった。こういう時、左維はやはり鬼なのだなあと思う。

「待たせたな、天夕」

瞬《まばた》きする間に、左維が駆け下りてきた。

「どうしたのだ、急にいなくなって」

「うん……」

左維はちょっと俯《うつむ》いて、照れたように「これ」と花束を差し出した。

紫に咲き誇る可憐《かれん》な花に、天夕は、思わず「あっ」と歓喜の声を上げた。

「お前、この花が好きだと言っていただろ。摘んできた」

「覚えていてくれたのか」

少し前、左維とふたりで山道を散歩していた時のことだった。道端に紫色の花が群生しているのを見つけた。

『あ、こんなところにオニノ――うわっ！』

駆け寄ろうとした天夕は、石ころに足を取られた。

『危ない！』

尻餅《しりもち》をつく寸前、飛んできた左維が後ろから抱き抱えてくれた。

『び、びっくりした……ありがとう、左維』

頬《ほお》を染めて照れ笑いする天夕に、左維は大きなため息をついた。

『賢そうな顔をしているのに、どうしてお前はそそっかしいんだ』

『失礼だな。私はそそっかしくなどない』

『この間も桜の花吹雪に見惚《みと》れて、そこの崖《がけ》から落っこちそうになったろ』

確かそんなことがあったと思い出した。

『あれは、単に崖の方角を勘違いしていただけだ』

『稀《まれ》にみる方向音痴だな。毎度寿命が縮まる。今度不注意なことをしたらもう助けてやらないからな』

意地悪なことを言う左維の横顔が、少しも怒っていないことを天夕は知っている。

『そんなこと言っても、結局助けてくれるんだ、左維は』

『な……』

珍しく左維が頬を赤く染めた。

『私は知っている。左維の意地悪は、いつも口だけだ』

何か言い返してやろうと口をぱくぱくさせる左維の腕をすり抜け、天夕は花の前にしゃがみ込んだ。

『こんなところにも生えていたのか』

可憐な花びらに指で触れていると、左維が首を傾《かし》げた。

『鬼の、なんだって?』

『オニノシコグサ』

天夕は落ちていた棒切れで、地面に『鬼の醜草』と書いた。

『醜い鬼の草？　ひでえ名前だな』

『この花には、こんな言い伝えがある』

亡くなった母の墓前にオニノシコグサを植え、雨の日も雪の日も墓参りを続けた青年がいた。母親を思う心に感銘した鬼は彼に予知能力を与え、そのおかげで青年は幸せに暮らした――。

『紫苑《しおん》と呼ぶ者もいるらしい』

『オニノなんたらより、その名の方がいいな』

『どちらでも好きな方で呼べばいい』

『紫苑……か』

左維は嚙みしめるように、何度もその名を繰り返していた。

「ありがとう。この花が一番好きなんだ」

花束を胸にそっと抱く天夕を、左維は長い腕でふわりと抱き寄せた。

「天夕、俺たちいつか、夫婦になろう」

「……え」

天夕は、思わず左維を見上げた。

鬼が人間を娶《めと》ってはいけないという掟《おきて》があるわけではない。しかし村ではこれまで、鬼に嫁いだ女性はひとりもいない。まれに天夕のような半鬼が生まれることがあるが、みな正式な夫婦の子供ではない。ましてや天夕は男だ。

「無論、そうなれたら私だって嬉しい。けど――」

「なれるさ。必ずなれる」

天夕の肩を両手でがっしりと摑《つか》み、左維は力強く笑った。

「これだけの器量よしなのに、蓋《ふた》を開ければうっかり者の粗忽者《そこつもの》。そうかと思えば熊《くま》に丸太を投げつけて退散させるし。お前には驚かされてばかりだ。退屈しない」

「そ、その話はしないでくれ!」

天夕は思わず両手で顔を覆った。

数日前のことだ。左維とふたりで山道を歩いている時、運悪く熊に遭遇してしまった。熊は腹ペコらしく、半開きの口からダラダラとよだれが垂れている。じりじりと後ずさるふたりに、黒い巨体が徐々に近づいてくる。左維は天夕を自分の後ろに回した。

――このままじゃ、左維が先にやられる。

何かいい方法はないかと見回すと、道端に人の身体ほどもある大きな丸太が転がっていた。

――一か八かだ。

天夕は渾身《こんしん》の力で丸太を持ち上げ、自分の三倍ほどの大きさの熊に向かって『うおりゃあっ!』と投げつけた。残念ながら熊に命中させることはできなかったが、エサにするには手ごわいと思ったのだろう、熊はくるりと背中を向け山の奥へ消えていった。

熊の姿が見えなくなると、全身から力が抜けてしまった。

『天夕、大丈夫か』

『腰が……ぬ、抜けてしまった』

『まったくお前は、勇敢なのか腰抜けなのか、さっぱりわからない』

左維はそう言って足腰の立たなくなった天夕を、家まで背負ってくれたのだった。

思い出すと恥ずかしくなる。左維が危ないと思っただけで、天夕は我を失ってしまう。

それほどに深く左維を愛しているのだ。

「ふたりきりでもいい。ちゃんと祝言を上げて、村の外れに屋敷を持とう。小さな家でいいが、庭は欲しいな」

「どうして？」

「紫苑を植えるんだ。庭一面に紫苑を植えて、秋には縁側でお前とふたりして眺めるんだ」

「左維……」

「どうだ。素敵な案だろ？」

天夕はこくりと頷いた。

「愛しているよ。天夕」

「私も、愛している」

涙が溢れた。

左維がいれば大丈夫。どんな困難も乗り越えていける。心からそう思えた。

そんなある日、突然乙名が鬼たちの話を聞く席を設けることを承諾した。左維に紫苑の花束を贈られてから数日後のことだった。左維たちの気持ちを懸命に伝え続けていた天夕は、喜びもひとしおだった。

『何を置いても、まずは村人に怪我をさせてしまったことを、誠心誠意謝らなくてはいけない。話し合いはそれからだ』

左維はずっとそう言っていた。

冷たい霧雨の降る夕暮れだった。左維は数人の若い鬼たちと共に、乙名らの待つ集会所へと向かった。村人に怪我をさせた鬼・塊元《かいげん》も一緒だった。塊元は石を投げてしまったことを後悔して泣いてばかりいるという。

身体こそ左維の二倍近くある大鬼だがとても気が小さく、悪さを見つかってしまい気が動転したらしい。震えて泣くばかりの塊元を『俺たちも一緒に謝るから』と左維が連れ出した。

同席を許されなかった天夕は、少し離れた場所から集会所を見守っていた。

そろそろ話し合いが始まる頃かと思った時だ。行灯《あんどん》を手に、鬼吠山へと向かう小道を急ぎ歩く男の姿が見えた。

——あれは、陰陽師。

天夕は眉《まゆ》を顰《ひそ》めた。彼はなぜ同席していないのだろう。鬼たちと縁を切れと言い出した張本人が、話し合いに参加せず、なぜ鬼吠山へ向かっているのだろう。

「まさか……」

そもそもあれほど頑《かたく》なだった乙名たちが、どうして突然鬼たちの話を聞く気になったのだろう。

嫌な予感がした。天夕は迷わず彼を追った。

考えれば考えるほど不可思議な話だ。これまで天夕は、半鬼であることを理由に疎《うと》まれたり、嫌な思いをさせられたことは一度もなかった。育ての親も、天夕を半鬼と知った上で引き取り、我が子同然に大切に育ててくれた。

――あの男が来てからだ。

あの陰陽師が村に来てから、みんな手のひらを返したように鬼たちを悪く言うようになった。あたかも昔からずっと忌み嫌っていたかのように。

「どうしてもっと早く気づかなかったのだ。私としたことが、大失態だ」

己の愚鈍さを呪《のろ》った。

天夕は霧雨に濡《ぬ》れるのも構わず、日の落ちかけた道を鬼吠山へと急いだ。

半鬼の中には、ごくまれに特殊な能力を持って生まれる者がいる。年端もいかない天夕にそう教えてくれたのは、村一番の長老だった。千年前に生まれた半鬼は、天候を操り日照りの続く村に雨をもたらした。二千年前に生まれた半鬼は、道端の石ころを芋や野菜に変えることができた。三千年前に生まれた半鬼は、どんな病もたちどころに治してしまった。『どの半鬼もとても勇気があった。命をなげうってまで村を救ってくれたそうじゃ。ま、むかあし昔の言い伝えじゃがな』

長老はそう言って頭をくりくりと撫《な》でてくれたが、幼い天夕は『自分には関係のない話だ』と思った。自分には命をなげうつ勇気などない。非力で臆病《おくびょう》なただの粗忽者だ。

ところが十四歳になった年、天夕は自分の中に眠っている不思議な力に気づいた。

霊や魔物、魑魅魍魎などを封印する力だ。

最初に見たのは悪霊だった。隣家の少女にとり憑《つ》いていた。何日も熱が下がらず病に苦しむ彼女を助けたくて、悪霊退散を心に強く念じ続けた。すると彼女の身体に入り込んでいた悪霊が浮かび上がり、半透明な膜に包まれ空に消えていった。

その瞬間から少女の病状はみるみる回復していった。天夕が初めて小さな結界を張った瞬間だった。

以来天夕は、霊や魔物の悪行に困っている村人を見つけると、こっそりと退魔を行ってきた。退魔と言っても完全に滅するのではなく、結界の中に封印するだけなのだが、その力は年を追うごとに強くなり、今では心で一瞬強く念じるだけで、かなり邪悪な霊も半永久的に閉じ込めることができるようになった。

——あいつは陰陽師などではない。

おそらく呪術師《じゅじゅつ》。

乙名を始めとする村人たちは、男に何らかの術をかけられ、鬼を憎むように仕向けられたのだ。天夕は陰陽師でも呪術師でも退魔師でもないが、邪な気配を感じる能力に長《た》けている。呪術師はおそらく、自らの発する邪な気配をあらかじめ消していたに違いない。

「左維……」

集会所にいる左維のことが気になったが、まずは男の行方を追うことが先だ。

天夕は息を切らして駆けた。

鬼吠山の入り口が見えてきた時、霧雨の向こうにかすかな明かりが見えた。男が手にしていた行灯の明かりだ。

「そなただったのか」

十歩ばかり上った場所から、男が天夕を見下ろしている。

「村人の中に、人ならざる者の気配を感じた。どうやら半鬼が混ざっているようだと」

「お前は何者だ。陰陽師などというのはでたらめだろ」

天夕は息を整えながらゆっくりと男に近づく。

「いかにも。私は呪術師。この山の鬼どもを滅するために来た」

「滅する……？」

山から追い出すのではなかったのか。

「この国には、鬼の棲む山が他にもいくつかある。しかし里の人間と鬼が共存するなどという馬鹿げた状態になっているのはここだけだ」

「共存することが、なぜ馬鹿げているのだ」

「鬼などしょせん頭の悪いもののけ。害にしかならない。もののけを人間の集落に出入りさせていることを、よく思わないお方がいらっしゃってな。私は都のさるお方の命で、この村の鬼どもを滅しに来た」

――貴族か……。

強い権力を持った者は、その権力をどこまでも徹底させようとする傾向がある。「鬼」という不可思議な存在は、彼らにとって脅威でしかないのだろう。

「近頃鬼どもは、村で悪さばかりしているそうじゃないか」

乙名たちは高名な陰陽師と信じ、鬼たちの悪さについて相談した。しかし男は陰陽師などではなく、都の貴族お抱えの呪術師だった。

「聞けば村人に怪我をさせたとか。そのうち人間を取って食うようになるだろう」

「許さぬ！」

天夕は叫んだ。

「鬼たちに手を出すことは、私が許さない！」

天夕は拳《こぶし》を震わせる。男は口元にうっすらと不敵な笑みを浮かべた。

「残念だな。もう遅い」

「遅い……？」

――まさか。

山に変化はない。あったとすれば、おそらく集会所にいる左維たちだ。

「おのれ、左維たちに何をした」

「今頃百姓どもと楽しい宴《うたげ》の最中だろう」

男が可笑《おか》しそうにくくっと笑った。

「ひと口飲んだだけで、あの世へ行ける。それはそれは美味《うま》い酒だ」

「おのれ、酒に毒を……」

血が沸騰するほどの怒りに、天夕は全身を震わせた。

「許さぬ！」

「それはこちらの台詞《せりふ》。半鬼も鬼同然。そなたも鬼たちと一緒にこの世から消えてもらう」

男が隠し持っていた数珠《じゅず》を首にかけた時だ。

「天夕！」

猛烈な速さで坂を上ってくる影が見えた。

「左維！　よかった、無事だったのか」

駆け寄った天夕はしかし、行灯の明かりに浮かび上がる左維を見て息を呑《の》んだ。

顔が土気色に変色している。右手は皮一枚で垂れ下がっている状態で、傷口からは夥《おびただ》しい血が流れていた。着物もあちこちが破れ、身体中に深い傷を負っているのがわかった。酒に毒を盛られた状態で、呪術師に操られた村人たちに襲われたのだろう。

「天夕……こいつは、呪術師だ……」

左維がガクッと膝《ひざ》を折った。

「左維！　左維、しっかりしろ！」

「逃げろ、天夕……ひとりで、逃げるんだ……」

毒を盛られ、満身創痍《まんしんそうい》で、それでも左維は駆け付けてくれた。自分を救うために。命を懸けて。

「あの毒を飲んで、生きていられるとは驚いた。これだから鬼は始末に負えない」

忌々しげに言い放つと、男は人差し指を立てたまま両手を合わせ、術を唱え始めた。山に棲むすべての鬼たちに呪いをかけているのだ。

「う……うあああ」

途端に左維が苦しみだす。口からごぼっと鮮血が溢れた。

「左維！　……くそっ！」

──決して……決して好きにはさせぬぞ！

身体の奥深い場所がじんじんと熱を帯びていく。

天夕は立ち上がり、すっと静かにその目を閉じた。

――滅するのではない。結界を張り封印するのだ。この鬼吠山ごと。

正直自信はない。しかしできないはずはない。数百年に一度だけ、特別な力を宿した半鬼が生まれる。それはきっと「村を救え」という神さまの意思だ。飢餓や天変地異、疫病といった人知の及ばない災いから、命を賭《と》して村を救えという、神さまの思《おぼ》し召しなのだ。

術が解ければ、村人たちは「なぜ鬼たちを滅したのだ」と嘆き悲しみ、呪術師の男を憎むに違いない。しかし村人が全員でかかっていったところで男の力の前には為《な》す術《すべ》もない。鬼たちを滅したのと同じように、いとも簡単にこの村を滅するだろう。

今ここで男を殺したところで、都の権力者はまた次の呪術師を送ってくる。自分の死し後、また同じような悲劇が起きるかもしれない。

村を滅ぼしてはいけない。鬼を滅ぼしてはいけない。

どちらも救う方法はひとつしかない。この山を結界で覆うのだ。

そうすればたとえふたつの世界が交わることができなくなっても、滅ぶことはない。

――救うのだ。この村を。鬼たちを。

史遠は念じた。強い思いが身体に、心に、ひたひたと漲《みなぎ》っていくのを感じる。

「天……夕、何をして……いる」

左維の目にいくらか生気が戻り始めている。

天夕の祈りが、呪術師の術を撥《は》ね返し始めた証拠だ。

「貴様……」

男も負けじと呪いをかける。

「く……っ！」

身体中に焼けるような激しい痛みを覚えた。呪いは確実に天夕にも向けられている。

「天夕、逃げろっ、逃げるんだ！」

左維の声が力を帯び始めている。天夕は全身全霊で、念を唱えた。

——左維、すまない。約束は果たせそうにない。

小さな屋敷を持ちたかった。

庭一面に紫苑を植え、左維とふたりで縁側から眺めたかった。

ささやかな夢だったのに、叶《かな》えられないまま別れの時が近づいていた。

暗闇で、呪術師の呪いと天夕の祈りがぶつかる。やがて「うおおお」という野獣のような雄叫《おたけ》びを上げ、呪術師がもがき苦しみ出した。

——もう少しだ……あと、ひと息で……。

鬼吠山が、強靭《きょうじん》な結界で覆われていくのを感じる。意識が遠くなる。

「天夕、お前一体何を……っ」

力を取り戻した左維の声が、次第に遠くなっていく。左維の声だけではない。耳から目から、入ってくるすべてのものがだんだん遠ざかっていく。もう少しで結界が完成する。

ぐあああ、という断末魔の叫びが聞こえ、身体中を苛《さいな》んでいた痛みが消えた。

――よかった……これで……みんな救われる。

村人を、鬼たちを、そして左維を、死なせずに済んだ。

痛みの代わりに訪れた安堵《あんど》が全身を覆う。天夕は濡れた土の地面にゆっくりと倒れた。

「天夕！　しっかりしろ、天夕！」

結界のわずかな隙間から、左維の声が聞こえる。

「どうして……どうしてなんだ！」

まだ立ち上がることができないのだろう、左維は必死の形相で匍匐《ほふく》前進してくる。しかし
ふたりを隔てた結界は、次第に強さを増し完璧な形へと近づいていく。

「天夕……っ」

左維が血にまみれた手を伸ばす。天夕も応えるが、指先はあと数センチのところまでしか
届かない。こんなに近くにいるのに、もう触れることすら叶わない。

――これでいいんだ……。

「左維……すまない。お前とふたりで、庭を……花を見たかった」

涙がひと筋、眦《まなじり》から伝った。

「天夕……天夕！」

左維が絶叫する。うおおおおという咆哮《ほうこう》が鬼吠山にこだまする。

「左維、泣くな。私はきっと……生まれ変わる」

あえかな声で、天夕は呟《つぶや》いた。

『特別な力を持った半鬼はな、生まれ変わることができるそうじゃ』

幼い天夕の頭を撫でながら、長老は言った。

『うまれかわる？』

『ああ。己の人生も愛も命も、すべてをなげうった半鬼は、生まれ変わって愛する者ともう一度出会い、そこでようやく結ばれるんじゃ。百年後か、千年後か、一万年後か——それは神さましか知らんそうじゃ』

わずかに残った意識の中、長老の言葉が脳裏を過《よぎ》る。

「生まれ変わるから……必ず……必ず左維の元に……」

「待っている！　待っているからな！　何年でも、何百年でも、何千年でも！　俺はお前を待っているから！」

消えていく意識の中で、悲鳴にも似た左維の叫びを聞いた。

＊＊＊

「千年前、天夕の手で封印された鬼たちは、結界の中で自分たちの社会を築き、今日まで生きてきた」

窓辺にもたれ、壱呉は言った。

「僕の……天夕の祈りは通じたんですね」

「ああ。封印と言っても、要は山ごと結界というシールドで覆ったわけだから、里の村人と山の鬼たちの行き来ができなくなったというだけのことさ。鬼たちはそれまで通り、あの山で暮らしている」

結界の中は気が遠くなるほど時間の流れが遅い。鬼たちは何千年、何万年にもなる寿命を手に入れ、今も山の奥で当時のままの生活を続けているのだという。

「だから左維は、ほとんど年を取っていなかったんですね」

「そういうことだ」

呪術師の呪いが解け我に返った村人たちは、山の麓に横たわる天夕の亡骸《なきがら》を見つけた。

『天夕が救ってくれたんじゃ。わしらの村を、鬼たちの棲む山を……』

長老の言葉にみなが涙した。深い霧の中、命を懸けて村と山を守ってくれた天夕の魂を悼《いた》んで、鬼吠山を夕霧山と呼ぶようになったのだという。

「天夕が死んでから、山にはやたらと霧が出るようになったそうだ」

「なぜでしょう」

「天夕を思って鬼たちが流す涙が、山風に吹かれて霧になるという話だ。真相は知らんがな」

史遠は窓の外を見上げた。

左維はどれほど泣いたのだろう。

『俺はお前を待っているから！』

まるで昨日のことのように蘇る。千年もの時が経っているとは思えなかった。

ただひとつ左維が残していったメガッキーを、史遠は胸に抱きしめた。

「でも左維と楽はなぜ結界を通り抜けて、人間の世界に来ることができたのでしょう」

左維と楽だけではない。幼い頃から史遠が見た何匹もの鬼たちは、みな同じように天夕の張った結界を通り抜けてやってきたのだろう。

「天夕の張った結界は、ほぼ完全なものだった」

「ほぼ？」

「そう、ほぼ」

「不完全だったんですね。やはり最後に……」

壱呉は大きく頷いた。

「最後の最後に天夕は、左維の伸ばした手を取ろうとした。その一瞬で、本来完全なものとなるはずだった結界の一部に、ほんのわずかな歪《ゆが》みができてしまった」

鬼たちはそこを通って結界の外へ出てくるのだという。

「ただし、無条件においそれと出て来られるわけじゃない。彼らは志願したんだ」

「志願？」

山に封印された鬼たちは、みな悔いていた。呪術師に惑わされたとはいえ、結果として天夕の命が失われた。軽い気持ちで悪さをしていた鬼たちは、来る日も来る日も後悔の涙に暮れた。特に塊元の落ち込みようは、目も当てられないほどだった。

『大変なことをしちまった。おらのせいで天夕さんが……』

図体のわりに気の小さい塊元を、左維は何かと目にかけて可愛《かわい》がっていた。その左維の愛する人を死なせてしまったのだ。左維に合わせる顔がないと泣き暮れ、その大きな身体はみるみる痩せ細っていった。

左維もまた激しく憔悴《しょうすい》していた。日に日に癒《い》えていく身体の傷とは反対に、その心は日増しに硬く閉ざされていった。

『天夕がいない世界で生きている意味などない』

ある夜ついに命を絶つ決意をした左維は、何度も天夕と愛を確かめ合った山頂近くの洞窟へと向かった。

凍《い》てつく冬の日だった。世捨て人ならぬ世捨て鬼となった左維は、覚束《おぼつか》ない足取りで思い出の場所へ辿《たど》り着いた。

「そこで左維は結界の歪みを見つけた。ほんの小さな亀裂《きれつ》だったが広げればそこから抜け出ることができそうだった」

左維への強い愛が、思い出の強く残る場所に歪みを作ったのだろうと壱呉は言った。

人間の社会と違い、鬼の社会にはこれといった決め事はなく、それぞれがよく言えば自然体で、悪く言えば勝手気ままに暮らしている。それでも長老に当たる相談役だけは存在し、鬼たちは彼を事実上の「長《おさ》」として敬っていた。

左維はすぐさま鬼の長・八角《やすみ》の元に駆け戻り『結界の外へ出ることを許してほしい』と頼んだ。しかし八角は首を縦に振ってはくれなかった。

『鬼と人間が共存していくことの難しさを、我々は思い知ったばかりではないか。村の人間はみな、心に垣根を作らず我々鬼を受け入れてくれた。しかし残念ながらすべての人間がそうというわけではない。鬼を忌み嫌う人間が多いのも事実だ』

『構いません。どんなに嫌われようと憎まれようと、俺は――』

『左維、お前がどれほど天夕を愛していたか、私はよく知っておる。だからなおのこと、急《せ》いてはならぬ。安易な気持ちで人間の前に姿を現せば、また無益な争いを起こすことになる』

『決して安易な気持ちで言っているのではありません』

そうです、その通りですと周りの鬼たちも左維に加勢した。

『八角さま、おらも結界の外に行かせてくれ。天夕さんを死なせちまったお詫《わ》びに、村のために何か役に立ちてえんだ』

『おらもだ。今度こそ悪さは絶対にしねえ。誓ってしねえ。身を粉にして働くつもりだ』

心に巣食ったほんの小さな妬《ねた》みから、とんでもない結果を招いてしまった。塊元を始め村で悪さをしていた鬼たちは『おらも』『おらも』と八角に頭を下げた。

『慌てるな。少し時間をくれ』

八角はそう言い残し、しばらくの間山奥の棲み処に籠《こも》ってしまった。

「考え抜いた結果、八角さんは鬼たちに結界の歪みを潜り抜けることを許したんですね」

史遠が尋ねると、壱呉は「ああ」と頷いた。

「ただし条件を付けた。誰でも簡単にクリアできるわけではない、とても厳しい条件だった」

八角の課した条件はふたつだった。

まず自分が鬼であることを気づかれないよう角や牙を消すこと。実際に切り落とすのではなく人間の目に映らないようにするのだ。当然のことながらそう易々と会得できる技ではなく、長い時間をかけた厳しい修行が必要だったので、大半の鬼が脱落してしまった。

次に自らの正体を決して明かさないこと。角や牙を隠す技さえ習得すれば正体に気づかれることはない。しかし万が一――たとえばコンビニでアルバイトをしていた木下《きのした》がそうであったように――自分が鬼であることを打ち明けたいという衝動に負けてしまった者は、直《ただ》ちに人間の世界から消滅させる。関わりのあった物も人々の記憶も、すべて一瞬で消し去る。

「だから左維も楽も、消えてしまったんですね」

「人波の中に紛れる鬼を見分けられるのは、桐ケ窪家を始めとする陰陽師の血を引く者だけだ。だから俺にはあいつらの角も牙も見えていたし、消えていった鬼たちの記憶も消えない。俺は最初、きみも陰陽師の家系の人間なのだと思ったがそうではなかった。小原史遠は普通の人間だが、その魂に宿る天夕は半鬼だ。だからきみにはうっすらと角や牙が見えていた。あいつらと過ごしたこの一カ月の記憶も消えなかった」

——そういうことだったのか。

ふたりがもうこの世にいないという事実が、今さらのように史遠の心を押しつぶす。

「厳しい条件は他にもあった。結界の中にいる限り、鬼たちには恐ろしく長い寿命が与えられている。しかし結界から出れば話は別だ。人間と同じ時間軸で生きることになるから、年を追うごとに老い死を迎える。結界の中にいれば病気や事故といったアクシデントがない限り何万年も生きられるのに、外へ出れば数十年で死んでしまう。それでも鬼たちはこぞって志願したそうだ。天夕を死なせた償いをしたいと」

史遠が見てきた鬼たちはみな勤勉だった。真面目で優しい者ばかりだった。

「左維も結界から出ることを許されるまでに、千年かかったんですね」

「左維は有能な鬼だ。本来ならいの一番に出て来られるはずだったんだが」

逸《はや》る左維に八角は言った。

『特殊な力を持った半鬼は、千年周期で生まれ変わるという話を聞いたことがある。ただの言い伝えかもしれないが、どうだろう左維、天夕に会いたいのなら、千年待ってはどうか』

すぐにでも天夕に会いたい。しかし結界の外に出た瞬間から老いが始まる。天夕に会えないまま死んでしまっては元も子もない。左維は生まれ変わった天夕に会える可能性が少しでも高い千年後まで待つことを決意した。

「ところが、さあいざ結界の外へ出ようという時、左維は草むらに転がって泣いている赤子を見つけた。しんしんと雪が降る冬の朝だったそうだ」

「それが楽、ですか」

「そういうことだ。鬼の誕生に関しては未だ謎《なぞ》が多い。というより謎だらけだ。鬼の性は雄のみだ。そして子を成さない。鬼たち自身、自分たちがどこからやってきたのかわからないらしい。木の股《また》から生まれるなんていう説もあるが、いずれにしても雪の積もる草むらに転がっていれば、そう長くは生きられない。どうしても赤子を捨てておけなかった左維は、自分の手で育てることにした」

千年も修行を積んだ左維にとって、目も開かない赤子の角や牙を消すことなど造作もないことだった。千年ぶりに結界の外に出た左維は、以来五年間、楽とふたり『天晴れ』を営んできたのだ。千年前の恋人が、会いに来てくれるのを待ちながら。

バスを降りた時、縁もゆかりもないこの町を懐かしいと感じた。名前も知らなかったオニノシコグサを、やけに懐かしく感じた。左維のキスを懐かしいと思った。キスなんて一度もしたことがないのに。

気のせいなどではなかった。史遠の中にいる天夕が懐かしがっていたのだ。

「紫苑」と同じ音の「史遠」と名付けられたのも偶然ではない。左維に天夕だと気づいてもらうための運命だったのだ。晩生で恋愛に疎かったのも、天夕の心が左維以外の相手を拒否していたから。アルバイト先が倒産して自由な時間ができたことも、ダーツが夕霧町に刺さったのも、すべては左維に繋《つな》がっていたのだ。

天夕と左維の深く強い思いが、互いを引き寄せ合っていたのだ。

『また間に合わなかった』

襲われそうになり裸足で逃げ出してきた史遠に、左維は何かを悔いるように囁《ささや》いた。

天夕を救えなかった後悔が思わず口を衝いて出たのだろう。

「間に合わなかったのは僕だよ……左維」

涸《か》れ果てたかと思っていた涙が、また頰を伝う。

千年の時を超えてやっと会えたのに、左維は目の前で消えてしまった。

「ごめん、左維……楽……僕がもっと早く思い出していれば」

どれほど泣いても悔やんでも、もうふたりは帰ってこない。

天夕が死んだ時、左維もこんな気持ちだったのだろう。結界に阻まれ、天夕の亡骸に触れることすら叶わず、ただひたすらに己を責め、悔い続けたのだろう。

「千年も待ってくれたのに……」

くう、と喉奥が鳴った。胸が張り裂けそうだった。

「こっちの世界では千年だが、結界の中じゃせいぜい数年しか経っていない。たいそうな時間じゃないさ」

軽く言い放つ壱呉を、史遠はキッと睨《にら》み上げた。

「桐ケ窪先生は平気なんですか。なんだかんだ言って、左維とも楽ともあんなに親しくしていたのに。ふたりが死んでも悲しくないんですか。平気なんですか！」

「そう噛みつきなさんな。きみはさっきから、ふたりが死んだと決めつけているようだけど」

「――――えっ？」

史遠は目を瞠《みは》った。壱呉は何を言っているのだろう。

「だ、だって楽も左維も、僕の目の前で消えちゃったんですよ。先生だって『ふたりはこの世界から消えた』って」

「うん。消えた。でも死んだとは言っていない」

「えっと、つまりそれは、どういう……」

脳が情報を処理しきれず、史遠は瞬きばかり繰り返す。

「あいつらは戻ったんだ」

「戻った？」

「自らの正体を明かさないという約束を違《たが》えたために、結界の中に強制送還されたんだ」

史遠はますます大きく目を見開く。

「ってことは、左維も楽も死んでいないんですね？　生きているんですね？」

「ああ」

「やった！　よかった！　バンザーイ！　――うわっ」

叫んで立ち上がった史遠は、バランスを崩してベッドから床に転落した。手から飛んだメガッキーが、弧を描いて壱呉の手のひらに載った。

「痛てて……」

「おいおい、せっかくふたりが生きていると教えてやったのに、お前が先に死んでどうする」

呆《あき》れた顔で壱呉がため息をついた。

「左維がよく愚痴っていたぞ。そそっかしいにもほどがあると」

「すみません。嬉しくてつい」

史遠は頭を掻《か》いて、壱呉からメガッキーを受け取った。

「まあ、あいつの愚痴は惚気《のろけ》にしか聞こえなかったがな」

「え？」

きょとんとする史遠に取り合わず、壱呉は厳しい顔をした。

「喜ぶのはまだ早いぞ。生きてはいるが、あいつらはもう二度と結界の中から出てくることはできない」

それが鬼の世界のルールなのだという。

「それなら僕が会いにいきます」

強《したた》かに床に打ちつけた腰を擦《さす》りながら、史遠はきっぱりと言った。

「左維がこれを残していった意味が、やっとわかりました」

左維も楽もふたりの持ち物も、何もかも消えてしまったのに、メガッキーだけは史遠の手に残された。

「待っているから必ず会いに来てくれ。このストラップは左維からのメッセージなんです」

「どうしてわかるんだ」

「だって僕は、ふたりの女神だから」

史遠が来てからラッキーなことばかりだと楽は笑ってくれた。

お前はヒーローだと左維は言ってくれた。

こんなへっぽこの粗忽者でも、きっとふたりは待っていてくれるはずだ。

「俺にはへんてこりんなペンギンにしか見えないがな」

壱呉は茶化すが、腹を立てている時間はない。

早くふたりに会いたくて、居ても立ってもいられなかった。

「桐ケ窪先生にお願いがあります」

「場所が知りたいんだろ」

壱呉はもうジャケットを手にしていた。

左維たち鬼は、夕霧山の山頂近くにある洞窟からこちらの世界へやってきた。そこに結界の亀裂があるからだ。しかし人間は結界の張られた夕霧山に入ることはできない。となるとこちら側、つまり村側のどこかに、洞窟と繋がっている場所があるはずだ。

それがどこなのかを知っているのは、おそらく陰陽師の血を引く者だけだ。

「いいか史遠くん。鬼が結界の中から出てくることはあっても、人間が結界の中に入ったことは一度もない。千年の記録からはっきりしている。天夕は半鬼だった。しかしきみは生身の人間だ。一度結界を通り抜けたが最後、こっちの世界に二度と戻ってこられないかもしれない。それでもいいんだな」

「構いません」

史遠は即答した。

自分は天夕の生まれ変わり。左維に会うために生まれてきたのだから。

迷いの欠片《かけら》もない史遠の視線に、壱呉は「付いてきなさい」と踵《きびす》を返した。

数分後、史遠は壱呉とふたりで見覚えのある建物の前に立っていた。

「ここ……なんですか。なんかの間違いじゃ――」

「ない。入るぞ」

壱呉に背中を押されて門をくぐったのは、第一村人のいる場所、つまりキャバ爺《じい》の旅館だった。

「何年かに一度、志願した鬼がこちらの世界にやってくる。山頂近くの結界の亀裂は、この旅館の一室に繋がっているんだ。元は芋畑だったのに、キャバ爺のやつが旅館なんぞ始めたもんだからややこしいことになった」

エントランスを歩きながら壱呉は忌々しげに舌打ちをした。

「それじゃ桐ケ窪先生が、キャバ爺にキャバクラの割引券を渡しているのは」

「そう。鬼がやってくる時間に、この旅館を留守にしてもらうためだ」

キャバ爺は人間だ。鬼の正体を見抜くことはできない。しかし泊めた覚えのない客が部屋から出てきたらさすがに不審に思うだろう。壱呉の長年に亘《わた》る巧みなキャバクラ誘導作戦のおかげで、情に厚いたくさんの鬼たちが人間社会に放たれ、哀れキャバ爺はキャバクラ漬けになってしまった。

「ちょっと気の毒な気も」

苦笑しながら史遠は思った。ガイドブックでこの宿を見つけたのも、キャバ爺にあの食堂を教えられたのも、きっと偶然などではなかったのだろう。

「本人が喜んでいるんだから問題ない。――あぁ爺さん、今夜ひとり泊めて欲しいんだが」

「あ～？　なんだってぇ～？　キャバクラさ行きてえ？　あ～？　違う？」

相変わらず耳の遠いキャバ爺に、慣れた手つきで壱呉がキャバクラの割引券を手渡す。狂喜したキャバ爺はいそいそと身支度をすると、史遠たちを置いてとっとと出て行ってしまった。隣町のキャバクラまで片道二時間。今夜中には戻ってこないだろう。

「本当に行くんだな」

部屋に入ると、壱呉が振り返った。

「やめるなら今のうちだぞ」

史遠は笑みを浮かべ、静かに首を振った。

「たとえ二度と帰ってこられなくとも後悔しません」

「いいだろう」

壱呉は持参してきた何枚かの護符を、慎重な手つきで壁に貼り付けると部屋の中心と思われる場所に胡坐《あぐら》をかいた。

「俺が結界の亀裂を広げる。数分間がいいところだ。その間に辿《たど》り着け」

「わかりました。何から何まで本当にありがとうございました」

史遠は深々と頭を下げた。

「左維とちっちゃいのによろしくな」

最後に小さく笑うと、壱呉は呪文を唱え始めた。


気づくと史遠は、鬱蒼とした緑に囲まれた畳三枚ほどの平地に、ぽつんと座っていた。今さっき着いたばかりのような気もするし、もう何時間もこうしていたような気もする。

——ここは……。

立ち上がり眼下の風景を見下ろす。山頂に近いその場所からは、麓の町が一望できた。

「あの川、僕が落ちた川だ。あっ、向こうに『天晴れ』が見える！」

ここは夕霧山だ。史遠はすでに結界の中にいた。

あたりは薄暗いがすぐにわかった。この場所には幾度となく来たことがある。

左維と逢瀬を重ね、何度も口付け、求め合った思い出の場所だ。

「左維……」

自分の記憶と天夕の記憶が不意に交錯することにも、少しずつ慣れてきた。

そして今、史遠と天夕のふたりが、同時に「一秒でも早く左維に会いたい」と願っている。

史遠は踵を返し、峠《とうげ》を目指した。天夕の記憶によると、鬼たちの集落は峠の向こう側だ。

回り道はないはずだから、峠を越えなければ左維たちのところに辿り着くことはできない。

麓の近くは勾配《こうばい》も緩やかだが、標高が上がるにつれ徐々に道幅が狭くなり足場も悪くなる。ごつごつと剝《む》き出しになった岩や石に足を取られないよう、史遠は慎重に山頂を目指した。

いつの間にか日が傾き始めている。日没まであまり時間がなさそうだ。疲労の溜《た》まってきた両足に鞭《むち》打ち、史遠は先を急いだ。鬼どころか鳥や虫の姿さえない山は、静かすぎて不気味だ。風に木々がざわめくたび、ドキリとして足が止まりかける。

「ダメだ。止まるな」

この山のどこかに左維がいる。楽がいる。その思いが史遠を突き動かした。

しばらく登ると道が二股《ふたまた》に分かれていた。

「どっちだろう」

うーんと腕組みをしていると、天夕の記憶が（右だ）と教えてくれた。史遠は小さく微笑み、右の道を進んだ。

ひとりなのにひとりじゃない。目には見えない天夕の存在が寂しさを紛らせてくれる。何より彼は、この山を熟知しているはずだ。

「頼りにしてるよ、天夕――ん？」

足元でパラパラという石の転がるような音がした。

「何の音……え、わ、うわっ」

首を傾げる間もなく、足元の地面が音を立てて崩れ始めた。

「嘘っ、な、なんでっ」

いつの間にか崖の突端に来ていたらしい。

しまったと思った時にはもう、史遠の身体は岩の塊と一緒に落下を始めていた。

「だ、誰か助け——うわあああっ！」

大小の石の礫《つぶて》を全身に受けながら、真っ逆さまに落ちていく。ここは山頂近くの断崖《だんがい》だ。頭から落ちようが足から落ちようが助かるはずがない。

結界を潜り抜けてここまで来たというのに、どうしてこんなことになってしまうのか。

まだ死ねない。左維に会う前に死ぬわけにはいかないのだ。

「左維——っ！」

喉が裂けんばかりに叫んだ瞬間、重力に引き寄せられるまま落下していた身体が止まった。

——……あれ？

どこかに着地したらしい。身体がバラバラになるほどの衝撃を予想していたのだが、意外にも痛みはまったくない。地面に叩きつけられたというより、柔らかな布団の上にそっと下ろされたような感じだ。まさかもう死んでしまったのだろうか。

「天国……？」

「バカ。勝手に死ぬな。この期《ご》に及んで崖から転落とか、ホントいい加減にしてくれないか」

世にも不機嫌そうなその声に、史遠は恐る恐る目を開けた。

「あ……」

史遠を抱え上げる逞しい両腕、栗色の髪、澄んだ瞳、意志の強そうな口元。

見惚れるほど美しい男の頭頂部には、二本の立派な角がはっきりと見えた。

「まったくお前は、そうまでして俺の寿命を縮めたいのか」

心が震える。身体も。惚《ほう》けてしまったように、言葉が出てこない。

こんなにはっきりと角や牙が見ても、美しい男はどこまでも美しかった。

「おい、なんか言えよ」

「ひ……」

「ひ？」

「久し……ぶり」

震える声でようやく言葉を紡いだのに、左維はぷっと小さく噴き出した。

「たったの一週間ぶりだろ」

「僕にとってはすごく……ものすごく長い時間だったんだ」

「史遠……」

「それに私にとっては千年ぶりだ。ようやく会えた……ようやく」

突然飛び出した天夕の声に、左維が瞠目《どうもく》した。

熱を帯びた視線が絡まり、どちらからともなく唇が重なった。

淡い触れ合いが、一気に深くなる。

左維の肌、左維の唇。触れてみて、自分がどれほど左維を欲していたのかを知った。

見慣れた黒のコットンシャツ。その胸元から立ち上る懐かしい左維の匂《にお》いに目眩《めまい》を覚えた。

「んっ……」

このままキスを続けていたら、我慢が利かなくなってしまう。

史遠は名残惜しさを嚙みしめながら、左維の身体を押し離した。

「やっぱりお前は、天夕の生まれ変わりだったんだな」

左維が囁く。

「待たせたな、左維」

「天夕……」

額を、頰を、唇を、左維が手のひらでなぞる。

史遠の中にいる天夕の存在を確かめているようだった。

史遠は両腕を伸ばし、愛《いと》しい鬼の首にぶら下がるように抱きついた。

「会いたかった。ずっとずっと」

「俺も」

息が止まるほど強く抱き返され、堰《せき》を切ったように涙が溢れた。

「死んじゃったんだと思った。左維も楽も」

「ごめんな。ああするしかなかったんだ」

赤ん坊の状態で結界を出た楽には、鬼の世界の記憶がない。すぐに追わないとパニックを起こすだろうと、左維はすぐに楽の後を追った。

「お前は、自分のせいで楽が消えてしまったと言った。楽が消えた理由を知っていたんだ。あの瞬間、俺はお前が天夕だと確信した。天夕ならきっと、結界を通り抜けてこちら側に来てくれると信じていた」

「これは、会いに来てくれのメッセージだったんだよね」

ポケットからメガッキーを取り出すと、左維の表情が優しく崩れた。

「伝わってよかった」

「夢じゃないんだね」

「夢なもんか」

「会いたかった。ものすごく死ぬほど会いたかった。めちゃくちゃ会いたかった」

史遠と天夕、ふたり分の喜びが爆発した。興奮しすぎて語彙《ごい》が乏しい。史遠を抱きしめながら、左維が腹筋を震わせた。

「笑うなんてひどい」

「笑ってなんか……」

途切れた声がいつもと違う気がして、史遠はそっと顔を上げた。

──左維……。

左維の瞳が濡れている。幼い子供のような頼りなげな表情に胸が締め付けられた。

「今度こそ間に合った。やっと……間に合った」

絞り出すように囁きながら、左維はまた力いっぱい史遠を抱きしめた。

激しい憤怒、死を望んでしまうほどの絶望、深く長い後悔。すべてを乗り越えて、左維は千年待ち続けた。どんなに苦しかっただろう。辛《つら》かっただろう。史遠の胸は軋《きし》む。

「ごめんね、左維」

「……ん？」

「僕が百パーセント天夕ならよかったんだけど」

史遠の中には確かに天夕の記憶がある。しかし小原史遠として生きてきた二十六年の記憶が消えてしまったわけではない。ふたりの記憶や体験はある部分で重なり、ある部分で混じり合い、容易には説明できない状態になっていた。

「史遠」

左維がそっと身体を離した。

「お前の中では、史遠と天夕は別々の人間なんだろうけど、俺にとっては同じだ。顔かたちは違っても、同じひとりの人間なんだ」

「同じ……？」

すぐには理解できなくて、史遠は眉を寄せる。

「お前を居候させることになった時、正直面倒くさいやつを預けやがってと壱呉を呪った。けど一緒に暮らすうちに、気がつくと俺はお前に天夕を重ねるようになっていた。ふわふわしててそそっかしくて危なっかしいのに、いざとなると信じられないくらい勇敢になる。お前の一挙手一投足が天夕を思い出させた。お前が天夕ならどんなにいいだろうと……そんなことばかり考えていることが、お前に対しても天夕に対しても失礼なんじゃないかと悩んだ。悩みながらも俺は、どんどんお前に惹《ひ》かれていった」

「左維……」

「お前は確かに天夕であり、同じくらい確かに史遠だ。強いて言うなら『天夕の記憶を宿した小原史遠』って感じかな。上手《うま》く伝わらないかもしれないけど」

史遠は小さく首を振った。なんとなくわかるような気がしたのだ。

小原史遠として生きてきた二十六年間の記憶ははっきりある。しかし千年前、天夕として生きていた頃の記憶も、徐々にクリアになってきている。しかし身体はひとつ、脳もひとつ、心さえもひとつだ。『天夕の記憶を宿した小原史遠』というのが確かに一番しっくりくる。

「水族館の帰り、車の中で壱呉に言われた。確かめなくていいのかって。壱呉もお前が天夕の生まれ変わりなんじゃないかと疑っていたから」

「どうして確かめようとしなかったの？」

左維は少し視線を落とし、自嘲《じちょう》するように言った。

「怖かったんだ。もし思い違いだったらと思うと怖かった」

そういえば車の中でも、左維は「怖い」と言っていた。

「なんだ違ったのかって、がっかりするのが怖かったの？」

そうじゃない、と左維は首を振った。

「お前が天夕かどうかを確かめるためには、これまでの経緯をつまびらかにしなければならない。俺が鬼だということをお前に知らせなければならない」

「……そっか」

目の前にいる人間は、命を賭《と》しても再会したい愛しい男の生まれ変わりなのか。それを確かめるチャンスはたった一度だけだったのだ。もしそうでなければ結界の中に戻され、二度と会うことは叶わない。

「意気地のない親父を見かねて、楽が背中を押してくれたのかもしれない」

その名前に、史遠はハッとする。

「楽は？　楽はどこにいるの？　生きてるの？」

「心配するな。ちゃんと生きている」

峠の向こうにある、鬼たちの棲み処にいるという。

「よかった……」

『史遠は、史遠だけはオレを……鬼を嫌わないと思ったのにぃぃ――っ！』

楽の切ない叫びがまだ耳に残っている。

「ね、左維」

「わかってる。楽のところに行こう」

「でも山の向こう側なんだよね」

もう少しで峠を越せそうだったのに、一気に麓まで落っこちてしまった。しかもすでに日没へのカウントダウンが始まっている。

「どんなに急いでも今夜中に峠は越せないよ」

肩を落とす史遠に、左維は首を振りながらため息をついた。

「あのな、史遠。俺がどうして今ここにいると思う？」

「え？　……あ、そういえば」

史遠が名前を叫ぶのと同時に、左維は史遠の身体を受け止めてくれた。

「人間の世界では、角や牙と一緒に隠しているけど、鬼にはいろいろな能力があるんだ」

驚いたことに左維は、史遠が結界を通り抜けてこちらの世界にやってきたことを肌で感じ、一足飛びに山を越えてきたのだという。

「僕の居場所がピンポイントでわかるなんて、すごいね、左維」

「さすがにピンポイントではわからなかったが、多分こうなるんじゃないかと予想はついた」

「僕が崖から落ちるだろうって？」

左維は「ああ」と頷き、にやりと笑った。

「天夕は悲しいくらい方向音痴だった。そして史遠、お前もだ。天夕が判断したとしてもお前が判断したとしても、あの分かれ道で正しい道を選べる可能性はゼロに近い。道を間違えた場合の行き先は――」

「崖」

史遠は半笑いで、遥《はる》か山の頂上を見上げた。

「千年経っても成長なしの方向音痴」

口を尖《とが》らせる史遠を、左維は軽々と持ち上げた。

「うるさい」

「しっかり摑まっていろよ」

史遠が首に手を回すや、左維はタンッと地面を蹴《け》った。そしてシャツを空気で膨らませ、宵闇《よいやみ》の空にひらりと舞い上がった。

「史遠！　史遠！」

薄暗がりの向こうから澄んだ声が聞こえる。たった一週間ぶりなのに泣きたいほど懐かしい声だ。

「しーおーーーんっ！」

毬《まり》のように弾みながら小さな影が駆けてくる。勢いあまって何度も転びそうになりながら、その腕にはしっかりとラッキーが抱かれていた。

「史遠！」

「楽！」

ぶつかるように飛びついてくる身体を、史遠は両手を広げて抱きとめた。

「史遠、遅かったじゃないか」

「ごめんごめん」

「もう、待ちくたびれたぞ。ものすごーく会いたかったんだからな。死ぬほどめちゃくちゃ会いたかったんだからな」

楽は興奮気味に、すべすべしたその頬を史遠の頬に擂《す》り寄せた。自分の語彙が五歳児と同じレベルだったことに苦笑しつつ、楽との再会を歓喜した。

楽にとっても左維にとっても、なかなか大変な一週間だったようだ。

『いいか楽、ここは今までいたのとは別の世界なんだ』

左維が何度説明しても楽は納得せず、『史遠はどこ？』『史遠に会いたい』、そればかり繰り返していたという。そんな楽を元気づけようと集まってきた心優しい鬼たちも、楽にとっては恐怖の対象でしかなかった。生まれてすぐに結界の外に連れ出され、人間の中で人間の子供として育った楽は、左維以外の鬼を知らない。特に身体の大きな塊元などは挨拶もそこそこに『こっちに来ないで！』と大泣きされ、ショックを受けていたという。

「とうちゃんが『史遠は必ず来るから大人しく待っていろ』って言うからオレ、いい子にしていたんだぞ？　なのにこんなに待たせるなんてひどいじゃないか」

「本当にごめんね」

「史遠はオレのこと忘れてしまったんじゃないかと心配したぞ」

「忘れるわけないじゃないか」

「また変身ベルト作ってくれる？」

「いくらでも作ってあげるよ」

「またオレのねこぜを直してくれる？」

「もちろん」

「やったあ！　史遠大好き！」

「僕も大好きだよ、楽」

恋人同士のように抱き合っていちゃいちゃちゃちゅっちゅしていると、左維が「そのくらいにしておけ」と楽を史遠から引きはがした。

「何するんだよ、とうちゃん」

「そんなにはしゃいだら史遠が疲れるだろ」

「どうして怒るの？」

いちゃいちゃを中断された楽は、口を尖らせた。

「別に怒ってなんかいない」

「さてはとうちゃん、ヤキモチだな？」

「な……」

「とうちゃんより先に史遠といちゃいちゃしたから、ヤキモチ妬《や》いたんだろ？」

「ち、違っ、そんなことは断じてっ」

明らかに動揺した様子で口をぱくぱくさせながら、左維は背中を向けてしまった。

世にも珍しい左維の姿に、史遠は楽と顔を見合わせてくすくす笑った。


三人はその夜のうちに八角の元を訪ねた。集落の中では一番大きな屋敷の、二十畳ほどもあろうかという広間に通された。床の間を背にした八角は、千年前と何ひとつ変わらない、穏やかな目をした白髪の老人だった。

「小原史遠と申します。前世は天夕でした」

「あなたが……」

感慨無量の表情を浮かべる八角に、史遠は深々と頭を下げた。

「ご無沙汰《ぶさた》しておりました。八角さま」

「話は左維から聞いていています。どうか面を上げてください」

史遠が顔を上げると、八角は「よく来てくださいました」と目尻の皺《しわ》をさらに深くした。

「千年ぶりですね、天夕。元気そうで何よりです」

「はい。八角さまも」

「あなたが守ってくれたおかげで、私たちは今もこうしてこの山で暮らすことができているのです。鬼の長として、深く深くお詫びとお礼を申し上げます」

史遠と同じくらい深く八角が頭を下げた。周りにいた鬼たちも八角に倣った。

「みなさんが幸せならそれが何よりです」

鬼たちが結界の中でつつがなく暮らしていることは壱呉から聞いていたが、実際にその様子を目にするとやはり感慨深いものがあった。命を賭して守ったものがここにある。彼らの幸せは天夕の幸せであり、史遠の幸せだった。

「ささやかですが食事の用意をいたしました。今夜はゆっくりしていってください」

それを聞いた楽が、隣の左維に「オレのもあるかな」と小声で尋ねた。

「心配しなくていい、楽。お前のお膳《ぜん》もちゃんと用意した」

八角が笑いながら答えた。

「やったあ！　ありがとう、八角のおじいちゃん！」

「本当にすみません」

左維は「構わん構わん」と目尻を下げた。

「こら、八角さま、だ」

左維が慌てたが、八角は「構わん構わん」と目尻を下げた。左維は「本当にすみません」

とこめかみを押さえ、八角はにこにこと頷いた。

「豆は使わないようにと、ちゃんと言っておいたから安心しなさい」

楽が「バンザイ」と飛び上がったところで襖《ふすま》が開き、お膳が運ばれてきた。

ささやかと言ったが、お膳は豪華なものだった。聞けば鬼たちはあれ以来、自分たちで米を作り、畑を耕し、家畜を飼うことを覚えたのだという。ひとつひとつの料理に込められた彼らの真心が伝わってきて、胸に温かいものが広がっていった。

思い出話に花が咲いた。千年前のことをまるで去年のことのように話すのはなんとも不思議な感覚だったが、時を忘れるほど楽しい時間だった。

お膳が下げられると、楽は広間の隅で他の鬼たちとお手玉を始めた。楽しそうに遊ぶ楽を横目で見ながら、左維がすっと居住まいを正した。

「八角さま。あらためてお願いがあります」

話の内容に大方見当が付いているのだろう、八角は黙って左維を見つめた。

「もう一度、結界の外に行かせてはもらえないでしょうか。史遠と楽と、三人で」

「結界の外へ出るのは一度だけ。掟《おきて》に反して戻された者は、二度と外へ出ることは叶わぬ。知っているだろう、左維」

「存じております。今回のことはすべて自分の責任です。しかしそれを承知した上で、もう一度だけ……どうしてももう一度だけ機会をいただきたく、こうしてお願いに上がった次第でございます」

正座のまま身体を折り、左維は静かに畳に額を付けた。左維の土下座に八角は答えず、視線を隣の史遠へ注いだ。

「あなたはどうお考えかな、史遠さん」

「僕は……」

もちろん左維と同じ気持ちです。即答しようとして、言葉を呑み込んだ。

視線の端に楽がいる。気を利かせた鬼たちが、楽の子守りを買って出たようだ。

「楽さんは、お手玉の天才だ！　そのような技をどうやって習得されたのですか」

「練習すること、かな」

「おらたちも練習すれば、楽さんのようにお手玉を自由自在に操ることができますか」

「……多分」

楽のテンションが微妙に低い。

周りが鬼ばかりというこの状況に、まだ戸惑いがあるのだろう。

「楽さん、ちょっと教えていただけますか」

「……いいけど」

「おらを楽さんの弟子にしてください」

「おらも、弟子にしてください」

「え、ちょっと待ってよ、弟子なんてオレ」

まんざらでもなさそうに、てへへと鼻を擦《こす》る楽を見て、史遠の心は揺らいだ。

もちろん左維と楽と三人で、以前のように『天晴れ』で暮らせたらどんなにいいだろうと思う。つつましくも穏やかで温かな、家族のような暮らしに今すぐにでも戻りたい。

――でも……。

結界の中にいる限り、楽はいつまでも今の可愛い楽のままでいられる。左維も楽も年を取ることなく、半永久的にこの桃源郷で幸せに生きていかれるのだ。

「仕方ないなあ。オッケー」

「楽さん、オッケーとはどういう意味ですか」

「いいよ、ってこと。英語だよ」

「ぬぬぬ、楽さんは外国の言葉も話されるのですか」

「たいしたことないって。サンキューって言ったら、ありがとうって意味ね」

「おおお、畏《おそ》れ入りました」

突然ひれ伏した鬼たちを、楽がきょとんと見下ろしている。幼い楽は、結界の中の社会にもきっとすぐに順応するだろう。鬼である楽にとって、本来の居場所はここなのだから。

結界の中で暮らしている限り、楽は自分が鬼であることを隠す必要はない。保育園児のうちは「前向きな不登園」を続けても構わないだろうが、人間の社会で生きていくのなら就学は避けられない。鬼ごっこやかくれんぼに誘われて悲しい思いをするより、鬼たちにお手玉やけん玉を教えて楽しく暮らす方が、ずっと幸せなのではないだろうか。

楽だけではない。左維にとっても本来暮らすべき場所はここだ。ここにいればたくさんの仲間と寿命など気にせずに生きていくことができるが、結界の外に出ればその瞬間から人間の時間軸で年を取っていく。

左維は本当にそれでいいのだろうか。本当に後悔しないのだろうか。

史遠にとって何より大切なのは左維だ。それは揺るぎない気持ちだ。けれど育ててくれた祖父母や学生時代の友人、よくしてくれたアルバイト先の店長やみんなに、二度と会えなくなることを想像すると寂しさがこみ上げてくる。

左維はそんな史遠の気持ちを慮《おもんばか》ってくれているのではないだろうか。本音ではこの世界に残りたいのに、史遠のために「もう一度外へ」と言ってくれたのではないだろうか。

「史遠、どうしたんだ」

黙り込んだ史遠の横顔を、左維が訝《いぶか》しげに覗《のぞ》き込んだ。

「迷っておられるのかね」

静かに尋ねる八角に、史遠は小さく頷いた。

何を迷っているんだと言いたげな左維を片手で制し、八角は静かに話し出した。

「史遠、お前——」

「左維の有能さは、今さら私が語らずともあなたが一番ご存じでしょう。ともすると短絡的思考に陥りがちな仲間たちに、根気よく農耕を教え、自給自足を徹底させたのは他でもない左維です。彼が外の世界に行ってしまってから、この集落はしばらくの間混乱しました。鬼としての能力、統率力、人望、どれを取っても左維の右に出る者はいない。私は左維を、次の『長』にと考えているのです」

左維が驚いたように顔を上げた。聞かされていなかったらしい。

「この世界の時間の流れは外の世界とは比べものにならないほど緩やかだ。流れていないも同然に思えるでしょう。しかし半永久と永久は別のものです。私の命もいつかは尽きる。その前に、信頼のおける者に『長』の座を渡しておきたいと思っているのです」

「八角さま、それは」

左維が焦ったように声を上げたが、八角はまた片手で制した。

「一度は結界の外に出ることを許しましたが、それさえ私にとっては不本意でした。生まれ変わった天夕に会うためでなければ、許可したくはなかった。その左維がこうして戻ってきた。どうでしょう史遠さん……いや天夕。あなたも一緒にこのままこちらの世界で暮らすというのは」

「八角さま！」

左維が正座をしたまま前ににじり出た。

「天夕は半鬼ですが史遠は人間です。彼を育ててくれた祖父母も、友人も、みんな外の世界にいるのです。史遠をこちらの世界に留《とど》めるのは無謀です。どうか考えをお改めください」

左維が必死に訴える。

「そうは言っても私にはお前が必要なのだ。お前が長を引き受けてくれれば、この世界は五千年後も一万年後も安泰だ」

「申し訳ありませんが、お引き受けできかねます」

「どうしてだ。お前とて本心ではこちらの世界がいいのだろう。たった数十年で死を迎えるとわかっていて、なぜそうまでして外へ出たいのだ」

「それは……」

左維は一瞬、言葉を探すように俯き、やがて真《ま》っ直《す》ぐに八角を見据えた。

「史遠と共に生きたいからです。私ひとり生き永らえても何の意味もありません。史遠亡き後の人生は、私にとって必要のないものです。史遠が暮らすべきは人間の世界。ですから私は彼の生きるべき場所で、最期の瞬間まで一緒に暮らしたいのです」

「左維……」

——そうだったのか。そういうことだったのか。

史遠はようやく左維の本心を理解した。

この世界の時間の流れは遅い。だから何万年でも生きることができる。しかしそれは鬼たちの話だ。半鬼ですらない、百パーセント人間である史遠の身体は、結界の中にいても外の世界と同じように年を取り、数十年で寿命が来る。ここにいる限り、史遠は確実に左維より先に死ぬ。史遠を看取った左維は、その後の気の遠くなる時間を、史遠との思い出を抱いて生きていかなければならない。この世界で生きていく限り、それは宿命なのだ。

左維は史遠と同じ時間軸で生きたいのだ。どちらが先に逝《ゆ》くとしても。

「八角さま」

史遠は正面を向いた。もう迷いはなかった。

「僕からもお願いします。僕たちを一緒に、もう一度外の世界に行かせてください」

「史遠……」

左維の瞳がパッと輝く。史遠は強く頷いた。

「僕だって嫌だ。長い長い年月を、左維との思い出に浸りながらひとりで生きていくなんて耐えられない。お願いです、八角さま」

「どうかお願いします、八角さま」

左維がもう一度頭を下げた。史遠も一緒に頭を下げた。

「しかし決まりは決まりだからな。いくら左維の願いだと言ってもこればかりは……」

八角が弱り果てたように「ううむ」と唸《うな》った時だ。

「八角さま！　おらからもお願いします！」

襖が勢いよく開いて、ひときわ大柄な鬼が飛び込んできた。

「どうか左維さんを自由にしてあげてくだせえ！　お願いします！」

「塊元。お前、そこで聞いておったのか」

「申し訳ねえです。天夕さんの生まれ変わりがいらっしゃったと聞いて、おら居ても立ってもいられなくて」

涙声でそう言うと、塊元は史遠の前に正座をした。

こうして近くで顔を合わせるのは初めてだったが、その名前はよく知っている。千年前、村人に石を投げて怪我を負わせてしまった鬼だ。

「あなたが天夕さんの……」

「小原史遠です。初めまして、みたいなものかな」

にっこりと笑って見せた。しかし塊元は緊張しているらしく、太腿《ふともも》の上で拳を握りしめ、身体をぶるぶると小刻みに震わせている。

「本当に本当に申し訳ねえことをした！　おらがバカだったせいで、大バカだったせいで、天夕さんがあんなことにぃぃっ」

塊元はがばりと土下座をし、「うおおお」と大音量で号泣した。

その声に座敷の隅で遊んでいた楽たちも、驚いて手を止めてしまった。

「すまねえ！　死んでお詫びをしなくちゃならねえのに、おめおめと生きのびちまって」

「何を言ってるんですか。塊元さん、顔を上げてください」

「塊元、もういい。お前は十分に反省をした。禊《みそぎ》もした」

史遠と左維が交互になだめても、塊元はなかなか顔を上げようとしない。

そこへとことこと、お手玉を手にした楽がやってきた。

「そんなに泣かないで、塊元」

楽は嗚咽《おえつ》する塊元の背中を擦《さす》った。背中が広すぎて小さな手のひらがますます小さく見える。

「とうちゃんも史遠も、怒ってないってさ」

「楽さん……」

塊元がようやく顔を上げた。真っ赤に泣きはらした顔は、さながら赤鬼のようだ。

「オレもいたずらすると、とうちゃんや史遠に叱《しか》られるけど、『ごめんなさい』すれば許してくれる。本気で謝ってるのか、ちゃんとわかるんだって」

楽は「ね？」と史遠を見て笑った。その顔がとても大人びていて史遠は驚く。たった一週間で子供は成長するらしい。

「楽の言うとおりですよ」

「でっかい鬼だから怖いなんて言ってごめんね、塊元」

「楽さん、史遠さん……なんて優しい」

そう言って塊元はまた、「うおおお」と号泣してしまった。よほど涙もろいようだ。

「ふたりの考えはわかりましたが、楽はどうするつもりです」

塊元が落ち着くのを待って、八角が切り出した。

史遠は左維と顔を見合わせた。どんなに可愛くても離れがたくても、楽の人生は楽のものだ。まだ五歳と幼いが、楽の意思を確認せずに決めることはできない。左維も同じことを考えているようだった。

「楽、あのな」

左維が楽の小さな身体を抱き寄せた時だ。

「会いたいなぁ」

楽がぽつんと呟いた。見ればその手に、たった今まで遊んでいた赤いお手玉が載っている。トメさんに作ってもらった、楽のお気に入りだ。

「トメさん、どうしてるかな。こんなに何日も会わなかったら、トメさんオレのこと忘れちゃうんじゃないかな」

すでにトメさんの記憶から消えていることなど知る由もない楽は、不安げに顔を曇らせた。

「トメさんとお手玉したいな。ねえとうちゃん、早く帰ろうよ。お店のお客さんたち、みんな困ってるんじゃない？」

「そうだな……」

すぐに帰ると言わない左維に、楽はますます不安になったらしい。

「まさかここに引っ越すなんて言わないよね？　オレ、そんなの嫌だからね？　トメさんのおはぎがもう食べられないなんて、絶対絶対、嫌だからね？」

『よく来てくれたねぇ、楽ちゃん。会いたかったよ』

楽が行くと、トメさんは本当に嬉しそうだった。身寄りのない彼女にとって楽は孫のような存在だった。もし楽との記憶が残っていたら、今頃悲しみに打ちひしがれているだろう。

「オレ、大きくなったら便利屋になるんだ」

楽の宣言に、左維が目を見開いた。

「だってお仕事してる時のとうちゃん、めちゃくちゃかっこいいんだもん。だからオレも、とうちゃんみたいにかっこいい便利屋になるんだ」

「楽……」

「だから早く店に帰ろうよ。そんでまたとうちゃんと史遠とオレと三人で暮らそうよ。ね？」

史遠と左維はもう一度顔を見合わせ、大きく頷き合った。心は決まった。

「楽も連れていきます」

左維の声には、強い決意が感じられた。

「私のような若輩者を次期『長』にとおっしゃっていただいて、とても光栄に思っています。

しかし申し訳ありません、私には他にやらなければならないことがあります。夕霧町の人たちのために働くことです」

史遠は楽と顔を見合わせ、こくりと頷いた。

「夕霧町はご存知のように過疎化が深刻で、ひとり暮らしの老人たちはみな、電球ひとつ替えるのにも苦労しています。どんな小さな仕事でも断らない。それが『天晴れ』の営業方針です」

「あのね八角のおじいちゃ……じゃなくて八角さま、オレのとうちゃんは、なんでもできる、すご――いとうちゃんなんだよ！　とうちゃんがいないと町の人たちはみんな困るんだ。だからとうちゃんはお休みの日でも、電話がきたら飛んでいくんだよ」

楽が胸を張った。

「三人一緒に夕霧町に戻してはいただけませんか。掟違反なのは重々承知しています。けど楽の言う通り、あの町には左維と楽が必要なんです。そして僕にも左維と楽が必要です。どうか、どうかお願いいたします」

史遠はもう一度頭を下げた。

「たとえ短くとも、与えられた時間の中で私は精一杯生きたい。泣いたり笑ったり怒ったり、喧嘩したり仲直りしたり……どちらかが息を引き取る瞬間まで愛し合えればそれでいいと思っています。八角さま、どうかお願いします」

左維も深々と頭を下げる。ふたりに倣って楽も「お願いします」とお辞儀をした。

しんと静まり返った広間に、静かな雨音が響く。

「また霧雨か……」

八角の呟きに、三人はゆっくりと視線を上げた。

「ひと雨ごとに秋が深まっていく。麓の町にもすぐに冬がやってくるだろう。雨どいの落ち葉を掃除するのは、老体にはきついものだ。左維」

「はい」

「町の人たちのために、これからも誠心誠意働くのだぞ」

左維が目を瞠る。

「八角さま、それでは」

「明日の夕刻、三人で発《た》つがよい」

八角がにっこりと頷いた。史遠は左維と顔を見合わせ「ありがとうございます」と叫んだ。

「ありがとう、八角のおじいちゃん！」

楽が八角に抱きつく。

「お礼にこれ、あげる」

楽は手にしていた赤いお手玉を、八角の皺だらけの手のひらに載せた。

「トメさんが作ってくれたお手玉。オレの宝物」

「いいのかい、そんなに大切なものをもらってしまって」

「トメさんはお手玉作りの名人だから、また作ってもらうよ。そうだ、とうちゃん、帰ったらすぐにトメさんのところに行こうよ。トメさんきっと、おはぎ作って待ってるよ」

そうだな、と頷いた左維の瞳が潤んでいる。

——よかった……本当によかった。

史遠の目から堰を切ったように涙が溢れた。


山頂近くの洞窟は件《くだん》の旅館に繋がっていた。キャバ爺はいくらか酔っているらしく、突然部屋から出てきた三人を不審がることもなく、いつもの台詞を繰り出した。

「あ〜？　なんだってぇ〜？　キャバクラさ行きてぇ？　だったら診療所の先生が割引券をくれる……あ〜？　違う？」

キャバ爺には申し訳ないが、応えている時間が惜しい。いっそすがすがしいほど俗に染まった館主を適当にあしらい、三人はわが家へと道を急いだ。

「ちっちゃい子の前でキャバクラとか」

呆れる史遠に、左維も「まったくだ」と同意した。

「とうちゃん、オレも大人になったらキャバクラってとこに行ってみたいな」

楽の無邪気な願いに、左維は眉間《みけん》を押さえた。

「いつか言い出すんじゃないかと思っていた」

「この前キャバ爺が教えてくれたんだ。キャバクラって、すっごく素敵なところなんだって。天国みたいなんだって」

「あのな、楽」

弱り切った左維が楽を諭そうとした時だ。

「あ、お店だ！　『天晴れ』が見えてきた！」

ラッキーを抱えた楽が走り出した。

「楽、走ったら危ないよ」

そうは言いつつ史遠の心もはやる。左維もまた同じ気持ちなのだろう、結局三人で店を目指し全力疾走した。店の前に三人並んで立ち止まり、見上げた。

「あった……」

そこには『天晴れ』の看板が、以前と何も変わらず掛けられていた。

真っ先に玄関に飛び込んだ楽が「わあ！　オレのお家だ！　『天晴れ』だ！」と叫んだ。

どうやら店の中も生活スペースも、すっかり元通りになっていたらしい。

「よかった……」

またじわりと涙が滲《にじ》む。

「楽にとっても俺にとっても、家《うち》はここだ。他にはどこにもない」

そう言って左維は、史遠の手を握った。

「僕も、ここを家って呼んでもいいかな」

「当たり前だ。そもそも『天晴れ』の『天』は天夕の『天』なんだ。天夕が生まれ変わって現れた時、何か印があった方がいいと思って」

「そうだったんだ」

「気づいてもらえなかったみたいだけど」

「ごめん」

笑いながら、ふたりでもう一度看板を見上げた。

「千年前の約束を、やっと果たせる」

左維が感慨深げに目を細めた。

『紫苑を植えるんだ。庭一面に紫苑を植えて、秋には縁側でお前とふたりして眺めるんだ』

左維と天夕が交わした約束は、千年の時を超え、今ようやく叶えられた。

「新婚にはちょっとおんぼろだけど」

「左維と楽がいれば他には何もいらないよ。あとはせいぜいビールと枝豆があれば」

「枝豆は、楽が寝た後で」

「だね」

クスクス笑いながら見上げると、左維は笑っていなかった。

熱っぽい瞳が史遠をじっと見下ろしている。

「左維、どうしたの？　具合でも悪い……んっ……」

いきなり唇を塞がれ史遠は慌てた。ここは店先だ。しかもまだ日も落ちていない。

「ちょ……ダメ……だ、ってば」

身を捩《よじ》って逃げを打つ史遠を、左維はその長い腕で強く抱き竦《すく》めた。

「んっ……ふ、ダ……メッ……」

強引に入ってきた熱い舌が、口内を蹂躙《じゅうりん》する。

「ごめん……止まんない……」

切ない声で左維が囁いた。

楽が戻ってきたらどうしよう、誰か通りかかったらどうしようと、頭は焦りでいっぱいなのに、心はキスを求めてしまう。

もっともっと繋がりたい。左維と、深く、奥まで。

身体の奥のいけないスイッチが入る直前、家の奥から「史遠！　とうちゃん！」と声がして、ふたりは弾かれたように身体を離した。

「どうしたの、ふたりとも、そんなところにぼーっと立って」

「い、今入ろうと思ってたところだ。な、史遠」

「う、うん、そうそう」

史遠がコクコクと頷くと、楽は訝しげに目を眇《すが》めた。

「なーんか変なの。ふたりして、オレに何か隠しごとしてるんじゃ――」

「あっ！　楽、こんなところにメガッキーが入ってた」

大仰な仕草で、ポケットからメガッキーを出してみせた。楽の瞳がまんまと輝く。

「わわ、メガッキーだ！　久しぶりだなぁ、元気にしてたか？　ちょっと待って、今ラッキーを連れてくるから」

楽がダダダッと家の中に駆け戻ると、照れ隠しのように左維が苦笑した。

「わりと……前途多難かも」

「かもね」

肩を竦める史遠に、左維は「続きはあいつが寝た後でな」と囁いた。

久しぶりに三人で食卓を囲んだ。メイン料理は楽の大好きなマーボー豆腐にした。あれ以来楽は、豆製品という豆製品を避けまくっていたが、一生口にしないわけにはいかない。マーボー豆腐はもともと大好物なのだ。今日ならきっと食べてくれるだろうと、左維と相談して決めた。

楽は賽《さい》の目に切った絹ごし豆腐をしばらくの間じっと見つめていたが、やがて「いただきます」と両手を合わせ、食べ始めた。

「どう？　楽、美味《おい》しい？」

「美味しい……」

「ほんと？」

史遠が破顔すると、楽はようやくにっこり笑って頷いた。

めでたく豆腐解禁の瞬間だ。

「すっごく美味しい。なんでだろう、とうちゃんのマーボーより、百倍美味しいんだ」

「悪うございましたね。俺のはマーボーの素、史遠のは手作りだからだ」

左維が軽くむくれた。

「とうちゃんのも悪くはなかったよ？　悪くはなかったけど……やっぱり史遠の作ったマーボーが最高だ！」

左維も楽も、結局おかわりをしてくれた。温かい食卓に必要なのは豪華な料理ではなく楽しい会話と笑顔なのだと、今さらのように気づいた。


夜半、史遠の部屋の襖が静かに開いた。楽がようやく眠りについたのだろう。

「史遠」

耳元で囁かれただけで、情けないほど心臓がバクバクしたが、今か今かと待っていたと思われるのが恥ずかしくて眠っていたふりをした。

「ん……」

「ごめん、眠ってたのか。そうだよな。疲れてるよな。今夜は——」

左維が立ちあがる気配がした。

「ダメ！」

史遠は思わず布団から飛び出し、左維の腕を摑んだ。

「起きてた。さきから待ってたんだ、ずっと」

「史遠……」

「眠れるわけないよ……こんな気持ちで」

身も蓋もない告白に、左維は驚いたように目を瞬《しばた》かせ、やがて優しく笑った。

「俺も。今夜何もしないで寝ろって言われたら、多分地獄」

史遠だって、間違いなく悶絶《もんぜつ》の一夜になる。

「でも本当に大丈夫なのか」

左維と楽が目の前で消えたショックで気を失い、記憶を取り戻し、直後に結界を行き来した史遠の身体を、左維は心配しているようだった。

「疲れてなんかいないよ」

「じゃ、少しくらい……その……無理しても、いいよな？」

「無理？」

左維は照れたように頰を赤くして「察しろ」と呟いた。

『ごめん……止まんない……』という、さっきの切なげな囁きを思い出した。

――左維……。

「思い出した。左維ってわりと照れ屋だったよね」

「は？」

「ほら、紫苑の花束をくれた時も、すっごく照れて赤くなって」

「今ここでそれを言うか」

ますます照れたのか、左維はぷいっとそっぽを向いてしまった。自覚はあるらしい。

「あの時の左維、結構可愛かった」

「あのなあ」

「好きだよ、左維」

衒《てら》いなく、言葉はするりと零《こぼ》れた。

「左維しか見えなかった。左維だけいればよかった。なのに先に死んじゃってごめん。千年も、たったひとりで辛い思いをさせてごめん」

左維はふるっと首を振った。

「辛くなんかなかった。お前は絶対に生まれ変わる。約束したんだから絶対に生まれ変わって俺の前に現れる。そう信じていたから辛くなんかなかった。天夕は――お前は、約束を破るようなやつじゃなかった。そうだろ？」

左維の優しい微笑みが、涙で滲んでいく。

「待っていてくれてありがとう」

「愛してる。千年前からずっと」

「僕も――んっ……」

愛してる、の返事ごと唇を奪われた。息をするのも忘れ、貪《むさぼ》るように舌を絡め合った。

――夢じゃないんだね。

確かめるように左維の背中を手のひらでなぞった。

応えるように左維も、史遠の身体をきつく抱きしめる。

「んっ……ん……」

夜のしじまに、ぴちゃぴちゃと淫猥《いんわい》な水音が響く。左維と触れ合っている音だと思うだけで身体の芯《しん》がじんと熱くなった。

抱き合う時、左維はいつも優しかった。逢瀬は大抵あの洞窟だったから、天夕の背中が痛くないようにと、必ず自分の着物を脱いで敷いてくれた。何度身体を重ねても、初めての時と同じように『痛くないか』『苦しくないか』と労《いた》わりの言葉をかけてくれた。

しかし今夜の左維はあの頃とは少し違った。キスをしながら史遠のシャツのボタンを外そうとするが、上手くいかない。もどかしげに身頃を引くと、小さなボタンがプチンと弾け飛んでしまった。

「あ、悪い」

左維が舌打ちをする。

「焦ってる。千年ぶりなのに、格好悪いな俺」

「そんなことないよ」

左維はいつだってこれ以上ないくらいに格好いい。

史遠は自らシャツを脱ぎ捨てる。露《あら》わになった白い肌に、左維の喉がゴクリと音を立てた。続けてジーンズも脱ごうとしたが、指が震えてベルトが上手く外せない。見かねた左維が手伝ってくれた。

「緊張してるのか」

「違う。僕も左維と同じくらい焦ってるみたい」

多分、診療所で出会った時からだ。ずっと左維が欲しくてたまらなかった。

史遠の中の天夕が、左維を求めて身悶えしていたのだ。

「夢を見たんだ」

「夢？」

ゆっくりと布団に押し倒されながら、史遠は告白した。

「左維と……こういうことをする夢を見たんだ。二度も」

一度目は、川に落ちて意識をなくしている時だった。診療所のベッドで左維のものを口に含みながら感じまくるという、世にも淫《みだ》らな夢を見た。あまりにリアルな射精の感覚に、本当に夢だったのかと疑いを抱くほどだった。

二度目はもっと強烈だった。胸の粒を愛撫《あいぶ》され、あられもない声で左維を求め、ついには後孔を貫かれながら果てた。一度目の時にはなかった痕跡《こんせき》が、二度目にはあった。夢の中で本当に射精してしまったのだ。

「実は僕、ずっとダメだったんだ」

「ダメ？」

「EDだったんだ。何を見ても何を考えても、一度も勃ったことなかった。それなのに左維と出会った途端、いきなりあんな夢を」

恥ずかしすぎて詳しい内容までは話せなかったが、おおよそは伝わったようだった。左維はなんともいえない表情で俯いてしまった。

「多分、天夕の記憶が左維を求めていたんだと思う。左維以外目に入らない、左維だけにしか反応しない、僕はそういう身体なんだ」

「史遠……」

左維が困ったように眦を下げた。

「余裕ないって言ってる俺を、そういう可愛いことを言って煽《あお》るんだな、お前は」

「煽ってなんか……あっ」

いきなり首筋に口付けられ、身体がびくりと跳ねた。

「煽ってなんか」

「そっちは無意識かもしれないが、煽られてるこっちはたまったもんじゃない」

「ぼ、僕がいつ……やっ、あっ……」

耳朶《じだ》を甘噛みされ、全身が粟立《あわだ》つ。

「初めて縁側でビール飲んだ時、この白くて薄っぺらい腹を丸出しにして俺に見せつけただろ。団扇《うちわ》でパタパタ扇《あお》いだりして」

「あ、あれはただ暑かったから」

見せつけたつもりなどなかったのに、左維の方ではそう感じていたらしい。

「こいつはもしかすると、ぽやーん詐欺じゃないかと疑った。何にも知りませんみたいな顔して本当は性悪なタラシだったりして、とか」

「何バカなこと……やっ、そこ、ダメ……」

「やっぱり耳、弱いんだよな」

そうだった。左維に耳を甘噛みされ、舌を挿し込まれ、低く湿った声でいやらしい言葉を囁かれると、それだけで達しそうになるのだ。

左維のやり方。左維の愛し方。覚えてる、全部。

「お前のいいところ、全部覚えてる」

史遠の心を読んだように、左維が囁いた。

「耳と、右の乳首と、へその下と、左の足の付け根と」

「あ、やっ、……ああ、ん」

言葉にした場所を、左維は確かめるようにひとつひとつ指先で擽《くすぐ》る。

まるで千年の時を遡《さかのぼ》っていくように。

「先っぽ、濡れてきた」

「そ、そういうことっ……」

指摘されるまでもなく、史遠の先端はすでに濡れそぼり、ボクサーショーツに卑猥な染みを作っていた。さんざん弄《いじ》られて赤くなった耳朶が、さらに赤味を増す。

「これだけがちょっと違うな」

左維が急にクスッと笑った。

「天夕は褌《ふんどし》だった。濡れやすいところは変わってないけど」

「バッ……バカ」

逞しい胸板を拳で叩くと、左維は「ごめんごめん」とちっとも反省していない声で笑った。

ボクサーショーツを脱がされ、すべてを左維の前に晒《さら》す。左維も着ていたものをすべて脱ぎ捨てた。

右胸の粒を強めに吸い上げられる。同時にへその下を指先でさわさわと擽られ、史遠は思わず背を反らせた。

「あ……あぁぁ……んっ」

弱いところを集中攻撃されて、腰の奥がずんと重くなる。まだ触れられてもいない先端からはとろとろとひっきりなしに透明な愛液が零れた。

「左維……左維……」

無意識に名前を呼んだ。ただ呼んでいるだけで身体中に幸せが満ちていく。

「史遠、自分で足、持てるか」

「え、あ……うん」

両膝《りょうひざ》の裏を持ち上げろというリクエストに、強い羞恥《しゅうち》を覚えつつ従った。

おずおずと秘部を開いてみせると、左維が息を呑むのがわかった。その精悍《せいかん》な瞳に晒されている光景を想像すると、恥ずかしくていたたまれなくなる。

「そんなにじっと見ないで」

泣きそうな声で懇願したのに、左維は史遠の願いとは真逆の行動に出た。

露わになった恥ずかしい場所に、顔を埋《うず》めたのだ。

「さ、左維っ、ちょっと待っ――あっ、やめっ……」

濡れそぼった中心が、左維の口内に含まれていく。

「あぁ……んっ、やっ、ダメッ……」

熱く猛《たけ》った幹を、左維の唇がぬるぬると上下に扱《しご》く。

「や……ああ、あっ……」

一度目の夢と同じだ。あの時は目隠しをされていたけれど、今度は目の前に左維がいる。

天夕の記憶の中には、左維と交わった光景がいくつもある。しかし口でされたことはなかった。史遠に至ってはセックスどころか自慰の経験すらない。急激に高まってくる射精感を逃す方法がわからず、史遠は全身を突っ張らせてひたすら喘《あえ》いだ。

「ここも、弱いだろ」

そう言って左維は、先端の敏感な溝をぬるりと舌先でなぞった。

「ひっ！」

今までとはけた違いの鋭い快感が、背筋を突きあがっていく。

「やめ、って……そこ」

言葉とは裏腹に腰が上下に揺れてしまう。まるで「もっともっと」と愛撫を求めるように。

「でも、ここ舐《な》めるといっぱい溢れてくる」

「や……もう、でっ、出ちゃう、から」

もういくらも持たないと訴えたのに、左維はそこばかりを執拗《しつよう》に攻めた。

「さ、左維っ、あっ……イき、そっ……」

「イッていいぞ」

左維は手で史遠の幹を擦りながら、先端にぐっと舌をねじ込んだ。

「あ、ひっ、アァァ――ッ」

びくびくと身体を撓《しな》らせ、史遠は激しく吐精した。どこか深い場所に落ちていくような、高く舞い上がっていくような、目眩にも似た感覚は史遠の意識を半分飛ばした。

「奇跡だな」

左維の呟きに、遠のきかけていた意識が戻ってきた。

「……奇跡？」

「お前が二十六年間、誰のものにもならなかったこと」

「それがなんで奇跡なの」

「お前、相当振りまいてるぞ？　フェロモン」

「フェロモン〜？」

自分には一生縁のない言葉だと思っていた。冗談かと思ったが左維は真顔だった。

「無自覚無意識なだけにたちが悪い。だからあの時だって――」

言いかけて左維は言葉を呑み込んだ。

「あの時って？」

「なんでもない」

「言ってよ。気になるじゃないか」

「だからなんでも――」

「言って！」

気怠《けだる》い身体を起こしながらしつこく食い下がると、左維はしばらく逡巡《しゅんじゅん》した後、仕方なさそうにとんでもない告白をした。

「お前が見たっていう夢、実はあれ、夢じゃないんだ」

「……え？」

何を言われているのかわからず、史遠はきょとんと瞬きをする。

「二度目の夢は、本当に夢だ。多分天夕の記憶が戻りかけていたんだろう。けど最初の夢、つまり川に転落した後に見た夢は……」

「現実……ってこと？」

バツが悪そうに左維が頷く。

「なっ……」

史遠は絶句した。

『俺が先だ。俺のを飲んだら、イかせてやるから』

『ちゃんと全部残さず飲めよ。いいな――出すぞ』

あの時の不遜《ふそん》で破廉恥《はれんち》な台詞が蘇る。

「な、な、なんであんな、あんなっ」

川に落ちて怪我をしていた自分に、あんなことをしたというのか。

左維は頭をガリガリ掻いて「ああするしかなかったんだ」と吐き出すように言った。

「あの高さから真っ逆さまに川に落ちたんだぞ。普通はあの程度の怪我じゃ済まない」

「どういうこと？」

「壱呉の診療所に運び込んだ時、お前の状態はかなり重篤で……要するに瀕死《ひんし》だったんだ。

全身骨折だらけな上に大量の水を飲んでいて、ほとんど意識がなかった。放っておけば救急車が来る前に、間違いなく死んでいた」

しかし史遠は死ななかった。こうしてピンピンしている。

「えっと、それはどういう……」

「鬼の精液について、何か覚えていないか？」

「鬼の……」

しばらく考え、史遠は「あっ」と口元を覆った。

太古の昔より鬼の精液は人間にとって万能薬。死んだ人間を蘇らせることこそできないが、死の淵《ふち》から連れ戻すことはできる。強くて有能な鬼の精液ほど効力がある。また同じ鬼の精液でも濃いものほど効き目が強く、空気に触れさせずに飲むのが一番――。

村にはそんな言い伝えがあった。

「思い出したか」

「……うん」

病気も怪我もたちまちよくなるが、健康な時に飲むとあそこが三日三晩勃ちっ放しになるらしい。だから左維と恋人同士になってからも、口での愛撫だけはお互いに我慢していた。

「天夕ともしたことなかったのに、なんでこんなぼんやりの方向音痴に捧げなきゃならないんだって、ものすごく腹が立ったけど」

「ごめん」

「お前があんまりエロい声出すからうっかりその気になって、お前のまで飲んじまった」

自嘲気味に打ち明ける左維の顔を、真っ直ぐ見られなかった。

「他の誰にも気持ちが傾かなかったとお前は言ったけど、俺も同じだったんだ。俺には天夕しかいない。他の誰にも靡《なび》かない。そう思っていた。それなのにお前のとんでもなくいやらしい喘ぎ声を聞いているうちに、なんだか妙な気分になってきて……これは人助けだ、フェラじゃないんだと、必死に自分に言い訳をしていた。で、終わった後壮絶に落ち込んだ」

そういえば診察室で初めて顔を合わせた時、左維はとても不機嫌そうだった。

「忙しくてしばらく抜いていなかったからだろうと思うことにした。けど、同じ屋根の下で暮らすようになって、俺はお前に惹かれていった。どんどんどんどん、信じられないくらいのスピードで、俺の心はお前でいっぱいになって」

「左維……」

「とうとうキスまでしちまって、完全に混乱した。こんなに心を揺さぶられたのは千年ぶりで……やっぱりお前が天夕なんじゃないかと思うようになった。そうとしか考えられない、そうだったらどんなにいいだろうと。キスした夜、朝になったら確かめようと思ったんだ。そしたら楽があんなことになって」

「メガッキーにメッセージを託したってわけだね。結界の中に必ず来いよって」

「そういうこと。さ、言い訳タイムは終わり」

「え？　あっ……」

もう一度布団の上に倒された。少し汗ばんだ素肌が密着する。ふたりの間を隔てるものは何もないのだと思うと得も言われぬ幸福感を覚えたが、すぐに下腹部に当たる硬い熱に気づき、申し訳ない気持ちになった。焦ってボタンを引きちぎるほど余裕がなかった左維を置いて、自分だけイってしまった。

「史遠、うつ伏せになって」

その方が史遠の負担が少ないのだと左維は言った。いろいろなやり方で啼《な》かされた天夕の記憶はあるけれど、史遠の身体は確かに〝初めて〟だ。

おずおずとうつ伏せになると、左維が腹の下に枕を入れてくれた。身体は楽だけれど尻を突き出すような格好になり、また羞恥が増す。

「辛かったら我慢せずに言えよ」

「うん……あっ、やっ……」

史遠の放ったものを潤滑剤にして、左維の長い指がくぷりと入ってくる。

「……っん……」

狭い入り口の襞《ひだ》をぐうっと広げられる。引き攣《つ》れるような感覚に思わず身を硬くした。

「痛いか？」

枕に額を押し付けたまま首を振った。異物感はあるけれど、内壁をゆっくり丁寧に擦られるたび、そこに甘い疼《うず》きが走る。

「んっ……やっ、あ……」

ぐっと奥まで挿し込まれ、史遠は枕を握りしめた。深い場所で左維が指を小刻みに動かすと、背中をぞわぞわと何かが駆け上ってくる。

「っ……それ、ダメッ……」

「どうして」

「な、なんか、へん……身体」

泣き出しそうな史遠に、左維はクスッと笑って、あろうことか指を二本に増やした。

「さ、左維っ、あ、ああっ」

狭い場所を奪い合うように、二本の指がバラバラと蠢《うごめ》く。強く弱く、その不規則な動きに内壁のあちこちが刺激され、史遠は甘い悲鳴を上げた。

「やぁ……っん、あ、あっ……」

甘くねだるような声が、ひっきりなしに喉から漏れる。

「史遠の中、とろとろになってきた」

「やっ……」

卑猥な言葉に煽られて、腰がぶるぶると震えてしまう。

「こっちも、ほら」

左維の手が前に伸びてきて、史遠の熱を握った。

「あっ、やっ……ん」

「後ろ弄ると、どんどん溢れてくる。やらしいな、史遠」

指摘する左維の声の方がよほど淫猥だ。

「また硬くなってる」

「言わな……でっ」

一度萎《な》えたはずなのに、欲張りな中心はあっという間に力を取り戻した。くちゅくちゅっとわざと音を立てて擦られると、強い快感がつま先まで駆け抜ける。

——もう……ダメ。

このままではまたひとりだけ先にイってしまう。

「左維……来て」

恥ずかしいから小声で囁いた。

「え？」

ずるりと指が抜かれる感触に、史遠は身体を震わせた。

「何か言ったか？」

聞こえなかったのか、左維が顔を近づけた。

「欲しいんだ……左維が欲しい。もう大丈夫だから……挿れて」

「お前……」

左維が耳元で息を呑む。

「指じゃなくて、左維のが欲しい。左維ので……中、掻き回して」

左維が小さく舌打ちをした。

「煽るなって言ったのに。もうどうなっても知らないからな」

苛《いら》ついたような口ぶりが左維の照れなのだと、史遠はもう知っていた。

どうなってもいい。左維とひとつになれるなら。

キスがしたくて仰向けになった。欲しくてたまらなかった唇を貪り、背中に爪《つめ》を立てた。

「入れるぞ」

平静を装っていても、その声は掠《かす》れていた。

熱く硬く、凶暴に猛ったものが、ぐぐっと挿し込まれる。

「くっ……あっ、ああっ！」

押し開かれる感覚は確かに痛みなのに、史遠の中の天夕はその先に訪れる愉悦を知っている。ただの快感ではない。心も身体も左維と繋がることで得られる、何ものにも代えがたい幸福だ。

「んっ……ふぅっ……あ、んっ……」

指で慣らされた柔らかな内壁を、左維の切っ先が行き来する。深く浅く、強く弱く。そのたび刺激される場所が、新たな快感にきゅんきゅんと収縮を繰り返した。

「あっ……いい……すごいっ……」

リズミカルに少しずつ奥へ進む欲望が、愛しくて嬉しい。

やがて最奥《さいおう》に左維を感じた。

――左維が、僕の中にいる。

意図せず零れた涙を、左維が吸い取ってくれた。

「史遠……愛してる」

「僕も愛してる」

何度告げても足りない。愛してる、愛してる、愛してる。

千年分愛してる。ふたり分愛してる。

左維の動きが激しくなる。

「あっ……ひっ……左維……左維っ」

「史遠……っ」

ふたりの呼吸も速まる。もう言葉を紡ぐことは難しかった。

「あっ、ああっ、やっ……アッ……イき、そっ……もう」

突き上げられ、揺さぶられ、全身で左維を感じる。

身体も心も、隅々まで左維で満たされていく。

「イけよ」

「あっ……イッ……くっ、アッ！」

目蓋の裏が白む。史遠はびくびくと身体を震わせ、激しく精を吐き出した。

「史遠……う、くっ！」

同時に低く呻く声がして、左維の熱が奥に叩きつけられる。

ドクドクと脈打つ灼熱《しゃくねつ》を感じながら、史遠は静かに目を閉じた。

——愛してる……これからもずっと。

覆いかぶさってくる愛しい身体を、史遠は強く抱きしめた。

「トメさーん！　おはよーっ！　楽だよ！　楽が来ましたよーっ！」

昇りたての朝日のように明るい声で、元気いっぱい楽が叫ぶ。

「おはようございます……」

「……ございまーす」

昨夜ぐっすり眠った楽とは反対に、朝方まで睦《むつ》み合っていた左維と史遠のテンションは低めだ。史遠の目はサングラスでもかけたくなるほどひどい隈《くま》ができている。

左維のせいかというとそうではない。腰が立たなくなるまで求めたのは、史遠の方だ。

「いらっしゃい、楽ちゃん。左維さんも史遠さんも、こんな早くからご苦労さま」

トメさんがにこにこと玄関で迎えてくれた。

「こちらこそ、朝っぱらからすみません」

左維が恐縮する。朝っぱらに訪問することになってしまったのには理由があった。

「遅いぞ、左維！　早く来てくれ！」

奥の部屋から不躾《ぶしつけ》に呼びつけられて、左維はげんなりとため息をついた。

「おーい、ちっこいの！　お前でもいいから早く手伝え！」

「オレはちっこいのじゃない。何回言ったらわかるんだ、あのカボチャは」

楽が忌々しげに頬をぷーっと膨らませた。

「楽ちゃん、カボチャは果物じゃなくてお野菜よ」

トメさんが口を手で覆い、「うふふふ」と楽しそうに笑った。

事の起こりは今朝早く、トメさんからかかってきた一本の電話だった。いつものように台所で朝食の支度をしていたところ、勝手口から巨大なカマドウマが一匹入り込んでしまった。

『あらま、あらあら、あららあらまあ』というトメさんの慌てた声を、たまたま通りかかった壱呉が聞きつけ、助太刀《すけだち》を買って出たまではよかったのだが……。

『桐ケ窪先生ったら、カマドウマが大層苦手らしくてね、今格闘してくださっているんだけど、なんだかお気の毒になってきてしまって。おほほほ』

電話口から響く壱呉の悲鳴に、左維は『すぐ行きます』と電話を切った。カマドウマ一匹のために三人で駆け付けたのは他でもない、史遠も楽も早くトメさんに会いたかったからだ。

「もう誰でもいいから早く、早く助けてくれーっ！」

「虫一匹でこの世の終わりみたいな声出しやがって」

「あっ、こら、こっちに来るな便所コオロギ！　うわっ、ああーっ」

ガラガラと何かが崩れる音がした。

先に入って台所を覗いた楽が「わあ」と両手で頬を挟む。

「とうちゃーん、カボチャがジャガイモの箱ひっくり返したー」

あらあらまああ、とトメさんは笑うばかりだ。楽と手を繋いで、村一番の名医の死闘を楽しそうに見守っている。

「テレビのチャンバラより、よほど勇ましくてよ、桐ケ窪先生」

「ほら、そっちに逃げたぞ！　ちゃんと捕まえてよね」

「ちんちくりん、見てないでお前も手伝え！」

「オレはちんちんちくりんじゃない！」

「わ、このやろ、わっ、ぎゃあーっ」

さっきより激しい音がして、トメさんと楽がひときわ高らかに笑った。

トメさんは知らない。今手を繋いでいる小さな友人が、ほんの一瞬、記憶ごと消えてしまったことを。すんでのところで二度と触れることすら叶わない、遠い遠い世界へ行ってしまうところだったことを。

——よかったね、楽。よかったね、トメさん。

ふたりの無邪気な笑顔に、史遠の胸には温かいものが満ちていく。

「左維早く行ってあげなよ。トメさんちの台所、壊されちゃうよ」

史遠が苦笑すると、左維は欠伸《あくび》をかみ殺し、「はいはい」とようやく靴を脱いだ。

二分後、巨大カマドウマは左維の手によってすみやかに捕獲され、裏庭の隅に放たれた。

「みなさん朝からありがとう。お礼に朝ご飯、食べていってくださいね」

「いえいえ」

「そんな」

「どうぞお構いなく」

遠慮する男たちにトメさんはにっこりと笑った。

「遠慮する子は可愛くないのよ？　ね、楽ちゃん」

楽は「そうだぞ、三人とも可愛くないぞ」とトメさんに加勢する。

「それにね、たまにはこんな若い美男子たちに囲まれて、ご飯をいただきたいのよ」

「ね、ね、トメさん、一番イケメンは誰？」

楽が前のめりで目を輝かせる。

「そんなの決まってるじゃないの。楽ちゃんよ」

楽は「やったあ！」と飛び上がって喜んだ。壱呉がほんの少し悔しそうな顔をして、史遠は笑いをこらえるのに必死だった。

「それじゃあ一番イケメンの楽ちゃんに、お手伝いしてもらおうかしら」

「はーい！」

上機嫌の楽とトメさんの背中が見えなくなるのを待って、史遠は壱呉に礼を告げた。

「桐ケ窪先生、いろいろとありがとうございました」

「なんのなんの。ひとりで結界の中に入っていった史遠くんの勇気の賜物《たまもの》さ」

「僕ひとりの力じゃどうにもならなかったと思います」

「ま、ふたりの強い愛がお互いを引き寄せたんでしょ。なあ、左維」

ニヤニヤする壱呉に、左維は「知らねえよ」とそっぽを向いた。

照れる左維はとても可愛い。年上だということを忘れてしまいそうになる。

「あ、史遠くん今、左維って可愛い〜って思っただろ」

「え、わかるんですか？」

「わかるわかる。まるわかり」

「さすが桐ケ窪先生ですね」

「今度、史遠くんにも桐ケ窪家直伝の読心術を教えてあげよう」

「ほんとですか？」

陰陽師の力に畏れ入っていると、「バカバカしい」と左維が首を振った。

「いい加減にしろ。史遠をからかうな、ヤブ医者。ヤブ陰陽師」

ダブルのヤブに、壱呉が鼻白む。

「ヤブ上等。大事な史遠くんがまた川から落ちたりしないように、せいぜい見守っておけよ。緊急事態とはいえ診療所のベッドであんなことされたら、独り身の俺には刺激が強すぎる」

「っ……」

何も言い返せず歯噛みする左維の横で、史遠は顔から火を噴いた。

あの時の一部始終を、あろうことか壱呉に知られていたとは。

「あ、あれは、違うんです。お、鬼の精液はですね、人間にとって万能薬なんです。でも空気に触れると効果がなくなるので、左維は、その、仕方なく直接僕の口に――」

「わかったわかった、もういいよ史遠くん。朝から精液とか、びっくりした」

捲《まく》し立てるような釈明を、壱呉が慌てて遮った。

「お前がからかうからだ」

壱呉にひややかな視線を送り、左維は窓越しに夕霧山を見上げた。

「上の方は紅葉が始まったな」

史遠と壱呉も、左維の視線を追う。

「本当だ」

昨日はちっとも気づかなかった。

近くて遠い山。鬼たちも今、結界の中で同じオレンジを見ているだろうか。

「こうして見ると、きれいな山だな」

感慨深げに壱呉が呟いた時、「おまたせー」と楽が戻ってきた。危なっかしい手つきで運んできたお盆には、味噌汁《みそしる》のお椀《わん》が四つ載せられている。

「お、美味そうだな」

「ワカメと豆腐は、オレが切ったんだ」

「なんだチビ、豆腐が嫌いなんじゃなかったのか」

「チビって言ったら、飲ませないからな、ピーマン！」

「人を頭からっぽみたいに言うんじゃない」

相変わらずのバトルに、史遠は左維と顔を見合わせて苦笑した。二十五歳も年の離れたふたりだが、案外いいコンビかもしれない。

「さあさ、みなさん、ささやかですけど朝ご飯にしましょうね」

トメさんが焼き鮭と卵焼きを運んできた。

漂ってくる美味しそうな匂いに、お腹の虫がぐーっと鳴った。

「わー、お腹ぺこぺこ。いっただっきまーす！」

楽の元気なあいさつが、一日の始まりを告げた。

あとがき

こんにちは。または初めまして。安曇ひかるです。

このたびは『やさしい鬼とひとつ屋根』をお手に取っていただきありがとうございました。

長年私の主食はリアルな現代ものだったのですが、どうしたことかこの春頃から空前の人外ブームがやってまいりまして、調子に乗って鬼を書いてしまいました。自分でも驚きです。初「鬼」なのでいろいろと突っ込みどころ満載だと思いますが、どうぞお許しを。

主役のふたり以上に小鬼の楽が大活躍でした。素直じゃなくて生意気で、だけど本当は誰より健気で寂しがり屋で。十年後はきっとモテモテでしょう。成長が楽しみです。

街子マドカ先生、初稿中ずっとどんな三人になるのか楽しみにしておりましたが、眼福としか言いようのない素敵なイラストに感激しております。ありがとうございました。

末筆になりましたが、最後まで読んでくださった皆さまと、本作にかかわってくださったすべての方々に、心より感謝と御礼を申し上げます。

ありがとうございました。愛を込めて。

二〇一六年　十月

安曇ひかる

✦初出　やさしい鬼とひとつ屋根……………書き下ろし

安曇ひかる先生、街子マドカ先生へのお便り、本作品に関するご意見、ご感想などは
〒151-0051 東京都渋谷区千駄ヶ谷 4-9-7
幻冬舎コミックス　ルチル文庫「やさしい鬼とひとつ屋根」係まで。

幻冬舎ルチル文庫
やさしい鬼とひとつ屋根

2016年11月20日　第1刷発行

✦著者　安曇ひかる　あずみ ひかる

✦発行人　石原正康

✦発行元　株式会社 幻冬舎コミックス
〒151-0051 東京都渋谷区千駄ヶ谷 4-9-7
電話 03(5411)6431［編集］

✦発売元　株式会社 幻冬舎
〒151-0051 東京都渋谷区千駄ヶ谷 4-9-7
電話 03(5411)6222［営業］
振替 00120-8-767643

✦印刷・製本所　中央精版印刷株式会社

✦検印廃止

ISBN978-4-344-83853-6　C0193　Printed in Japan